KB034622

문학과지성 시인선 61

저 들꽃들이
피어 있는

安洙環 詩集

지은이의 문학과지성사판 저서

神들의 옷(1982)
가야 할 곳(1994)

시와 실재(1983) (시론집)

문학과지성 시인선 61
저 들꽃들이 피어 있는

초판발행/ 1987년 10월 5일
2쇄발행/ 1989년 7월 10일
재판발행/ 1994년 9월 10일

지은이/ 안수환
펴낸이/ 김병익
펴낸곳/(주)문학과지성사
등록번호/ 제10-918호(1993.12.16)

서울 마포구 서교동 407-4호(121-210)
편집: 338)7224~5 · 7266~7 FAX 323)4180
영업: 338)7222~3 · 7245 FAX 338)7221

ⓒ 안수환, 1994
ISBN 89-320-0320-3

* 잘못된 책은 바꾸어드립니다.
* 지은이와 협의에 의해 인지는 생략합니다.

문학과지성 시인선 61

저 들꽃들이 피어 있는

안수환

1994

시집 한두 권으로 말을 마칠 수 있는 시
인은 행복하다. 내 경우는 그 말의 행방조
차 찾지 못한 수준이므로 겨우 시를 통하여
역사의 뜻을 만나려고 한다. 그 역사에 작
용하는 힘을 오로지 사람의 의지와 문법으
로만 채우려고 한다면, 대체 우리는 어디서
또 다른 음성을 들을 수 있단 말인가? 가령,
신이 있으니 그분에게 기도하는 것이라기보
다는 기도하기 때문에 거기 신이 계신 것이
아닐까? 3년 동안 여기 수록된 시들을 『現代
詩學』에 연재하면서도 나는 줄곧 그 음성을
들으려고 노력해왔다.

1987년 9월

안 수 환

저 들꽃들이 피어 있는

차 례

▨ 自 序

사 랑

그 일에 대하여 충분히 알고 있는 것은
아니다 우리가 사는 문명 속에 神을 믿으며
승복한 부분은 관념이거나 말이었을 뿐
내 자신으로 돌아와서 처음 발견한 당신
말과 생각 그 잉여를 버리기 위하여
편견으로 얼룩진 시대에 반항하기 위하여
그러나 가장 참담하게 패배하는 법을 가르치는
당신은 우리가 죽어가는 슬픔을 증대시키며
우리가 살아가는 기쁨을 증대시키며
내가 굳은 바위 혹은 달의 눈썹으로
환생할 때까지 오, 오는구나 오는구나

이런 느낌

우리가 바람처럼 길을 잃었을 때
우리 손으로 만든 것이 옳다 옳구나
이렇게 말하는 사람은 편의주의자입니다

장길이가 콩농사를 지으며 시골에서 늙은 것을
그 순한 뜻을 모르고
공주 박물관에 드나들며 왕관을 보는 사람은
더 교활한 편의주의자입니다

주말이면
한강을 바라보며 청평으로 놀러 가는 우리처럼
한강을 건너서 월악산에 놀러 가는 우리처럼

우리가 보는 대로 세상이 생기며
우리가 저항하는 대로 세상이 무너지는
악덕을 섬기면서
우리는 너무 쉽게 절망하며
기뻐하는 습관을 길렀습니다

또는 너무 큰 사상을 섬겨야 했으므로
주변에서 일어나는 작은 일에 대하여

하찮은 경험에 대하여 눈물을 감추거나
한번만 울거나 아주 작게 울었습니다

그 고요한 나라에 살기 위하여
우리는 일제히 이데올로기화되었습니다

그래도 나는 아직 나 자신을 모릅니다

임금님은 경복궁 근정전에 있지 않습니다
진실은 분명히 꼬깃꼬깃 구겨놓은 구석에도
있지 않습니다 우리가 펼쳐놓은 평범한 말에서
그 입성을 입고 오십니다

그러므로 우리가
우리의 행위를 알 수 없는 것은
하느님이 없어서가 아닙니다
나와 가장 가까이 있는 사람이
지금은 가장 큰 하느님이며
그 사람을 위하여 정성을 쏟을 시간이
얼마나 더 남아 있는지 그것만 궁금합니다

서울 공기

서울은 이제 비망록에 써두어야 할
도시가 되었습니다
우리가 을지로 지하 다방에서 논쟁을 벌였던
어두운 정념보다도 선악보다도 행복보다도
먼저 사람들을 규제하는 서울의 공기는
완전한 묘비처럼 더욱 자발적으로 나빠졌습니다

아침에 우리들의 무거운 몸을 들어올리던 공기는
태만과도 다르게 능력과도 다르게 응고되며
마침내 저녁에는 남산이 거기 있는 일로도
우리들의 작은 존엄성 한 올을 붙잡지 못합니다

과정처럼 암호처럼 날아다니던 공기는
건물에 들어가서 눌리고 거리를 떠돌면서 뭉개져
서로 충돌하는 생기는 보이지 않습니다
산만하게 흩어진 어떤 공간도 남아 있지 않습니다

아, 명료한 세계는 사라졌습니다
더 이상 별들은 공중에 떠 있지 않고
가벼운 우리들의 옷 속에 스며들어

그 일로부터 우리들은 상식에 어긋난
범죄를 아무데나 뿌리고 다닙니다

우리는 점점 선택에 관한 이야기를 할 수 없습니다
배추벌레 이야기도 할 수 없습니다
우리는 거듭 표면으로 나오는 사람들뿐입니다

그러나 이 고약한 그을음 속에서
아직도 살아 있는 것만으로 위대한 우리들은
청량리 마포 근처의 혼돈과
세종로의 일사불란한 규칙이
왜 나란히 놓여 있는지 물어야 합니다

서울에서 멀리 달아난 태양을 보며
기술로는 우리를 살릴 방도가 없음을
서울과 대립되는 더 큰 허무가 없음을
시인 열 사람 제물로 삼아서 외쳐야 합니다
이제는 시간이 되었습니다

진천에서 구천동에서 온 사람이

노량진 왕십리를 돌아다니며
수만 가지 물건들과 쓸데없는 반동체 속에서
물론 독살된 공기 속에서 답답한 가슴을 치는 동안

이 땅에 거하는 우리들에게 화, 화, 화가 미치는*
그 방향을 돌려놓는 길로 가야 합니다
이제야 우리가 걷는 길은 서울이 아니므로
그 밝은 백운대가 보이는 길까지 가야 합니다

* 「요한계시록」 8장 13절.

平澤을 지나며

평택까지 가는 길엔 하느님이 없었다
늘 본문 속에 들지 못하고 각주로 밀려난
나무들이 기분이 상한 당숙처럼 서서
길을 지키고 있었다 당숙의 종교처럼
아무데나 진리가 있다고 주장하는 목청처럼

미술관의 꽃병을 보고 온 내 관점과는 달리
주유소 근처의 쓰레기장에는 연기가 타올랐다
성환 배나무꽃을 뜯고 온 바람이
오란시 봉지와 평택 나비를 불에 넣고 있었다

염소들이 돌아오는 언덕 위엔
망초꽃을 건드리며 돌아오는 언덕 위엔
흰 달이 걸려 황홀은 차츰 위험스러웠다

오, 그제서야 평택을 끌고 가는 하느님이 보였다
상점 주인이 덤으로 넘겨준 토마토 한 개가
시간을 골고루 나누어 쓰는 광장 안에서
수천 개의 토마토로 쪼개지는 것이 보였다

지금은 그 시각

우리는 그럼 하늘을 괴롭히는 일을 그만두세
옆으로 옆으로 흘러가며 바람이 된 하늘
아래로 아래로 내려오며 사물이 된 하늘
안으로는 우리들의 메마른 마음과
밖으로는 굽이굽이 힘찬 땅에서
한꺼번에 그걸 어쩌지 못하고 소를 키우는 덕삼이
고추를 따는 천만이 방앗간을 돌리는 민달이
식구들은 이따가 보고 저녁에 만나서 술 한잔 하세

이게 어디 무망한 술잔인가
우리 조상들이 믿었던 세계는 산이 되어
우리 모두 소중한 시간의 산봉우리 되어
아침저녁으로 차오르는 얼굴이며 빛이며
이만하면 우리가 어디 있는지 분명하네

그러나 우리가 함부로 술잔을 만지면서
정든 오늘이 불꽃이듯이 가벼운 영혼을 소모하고 나
면
하늘을 애써 바라보는 나무들보다도
그 눈썹 발목 늑골 들의 축제보다도

우리들의 밥과 꿈들이 얼마나 어긋나는지 살펴보세
우리들이 일하는 소득은 골고루 평균이기보다는
다만 여기서 살아가는 중심이기를 바랄 뿐이네

여전히 우리들은 밥을 먹고 잠을 자며 또 일어나지만
천둥 치고 비 오는 날 눈 내리고 구름 낀 날
이 나라의 하느님이 어떤 밤으로 오시는지 고요하니
지금은 그 시각 무릎으로 앉아 있는 이웃들과 함께
종축장 잔솔밭에 떨어진 해를 몇 개라도 더 찾아보세

귀 향

우리가 죽어서 가는 자리는 산이 아니지요
여기저기 북망산 지하 납골당도 아니지요
목성 건너 토성 깊고 깊은 그 웅달도 아니지요
작년 겨울 찬바람에 날아간 토끼풀이
올 여름 우리 동네 밭두둑에 다시 온 걸 보면
춘식이 아버지가 죽어서 간 하늘나라는
천안에서 가까운 소정리역이거나
동쪽으로 삼십 리 복다회리 냇물일 텐데
거기서 하룻밤 묵으면서 한 오백 년 고요히 눕지 못
하고
징검징검 돌아와 우리 목구멍에 붙은 걸 보면
논농사 밭농사 소사리 좁은 다리 터놓은 토목 공사도
한 마당에 들어앉은 벌판이지요
정다산 목민심서 이퇴계 사칠론이 어디 조금 묻어 있
다가
가뭇없는 세월이면 금방 뻐꾸기로 울고
고향 떠난 타관에서 늙어가며 얻은 환상을
화학 섬유 양복을 민망하게 벗어놓는 명절이지요
살아서 어찌어찌 불알 달고 다니다가
온몸이 작아져서 이 세상을 한아름 사랑으로 거두는
길목이지요 귀향이지요

큰 얼굴

모든 기운 다 쓰고 길가에 나와서
어둔 밤 냉정한 별똥을 바라보는 사람아
내 생각이 아닐 무렵 어디서 오는지 허망은
참되구나 그런 친구 만날 때
천안의 늙은 버드나무와도 친해지며
먼지 묻은 풀포기 마른 환상까지 눈에 차는구나
지금은 헌옷 입은 허망이 우리들의 논술이다
더 아낄 것이 없는 거룩한 명칭을 버리고
허영으로 만든 재산과 신분과 유행을
버릴 때 우리는 서로서로 친구 아니냐

저기 성거산 안개 묻은 성거산
오늘은 바쁜 천안역으로 내려와서
네 영혼의 슬픈 자식들로 살아가는 우리에게
큰 얼굴을 보여라 지하 상가 충충대의 발목을 위하여
창공으로 덮여 있는 우리들의 둥근 허망을 위하여

만방에서 쓸어모은 사상과 불빛이
집을 채우고 마음을 뒤집어
여러 사람이 흩어지는 낙엽 앞에서
우리 동네 초라한 등잔불이 번을 서는구나

아지랑이

우리나라 영토는 백두산서 한라산까지
두만강서 섬진강까지라고 당신은
말씀하셨습니다

개마고원 합덕평야 만경벌도 있지만
그보다도 하느님을 섬기는 우리들의 마음이
더 넓은 영토라고 당신은 말씀하셨습니다

해바라기 키우던 신라의 해와
귀뚜라미 울리던 고려의 달이
우리나라 역사라고 당신은 말씀하셨지만
그보다도 더 소중한 생애와 헌법은
한석봉과 김추사의 글씨 같은
우리들의 자식새끼들을 돌보는 사랑이라고
당신은 말씀하셨습니다

하늘에서 사는 사람은 땅에서 사는 사람이라고
말씀하셨을 때 그것을 본으로 하여 우리는
천안 목천 온양을 돌아다니며 힘껏 삽니다

낮은 데서 올라오던 그 아지랑이
지금은 착한 말들이 그곳으로 내려가
아지랑이 되는 동안

사람을 방해하지 않는 하늘이듯이
우리가 더불어 마시는 물은 가득하여
이웃을 유익하게 만드는 거동으로 나라를 삼으니
당신의 말씀은 정년이 되지 않았습니다
당신의 말씀은 이제 우리들 자식새끼들입니다

天 安

우리는 천안의 벽돌과 먼지와 불빛 자욱한
골목을 지나갑니다 바람은 없습니다
바람은 불지 않아도 발목과 목덜미 조국의 혼백들이
다니는 골목에는 조선 왕조 말기와 같은 제도가
깔려 있습니다 생활이 여태껏 수단이 되고 있다니
고무신 양말 피복으로 균형을 잡은 풍속으론
끝끝내 이 나라의 적막과 분단은 기약 없으니
아무 말도 하지 않는 성거산도 그걸 꾸짖으며
한반도 중부의 골목으로 다가옵니다
우리가 아는 이름이라야 담배와 안경과
부드러운 설록차 혹은 흑성산의 거미 따위로
몸을 세우지만 이러한 명목으론 을사조약 하나도
깨지 못했습니다 그냥 사는 기쁨이라면
나라가 아닙니다 우리들의 관습이 안정과 풍요와
유흥이라면 이 골목에서 우리들은 어찌
압록강 두만강으로 흐를 물굽이이겠습니까
골목은 편안하게 사는 규격을 벗어나
총괄적으로 짧은 기간이어야 합니다
우리나라 통일이 아니면 모두가 임시입니다
집집마다 미천한 숟가락 식솔까지 일어나는

24

함성이 아니면 전봉준을 불러다가
아산만에 기우는 해를 붙잡아야 합니다
천안의 꼭두새벽 골목에는 연탄재와 쓰레기가
먼저 나옵니다만 지난밤 평화를 훼방하던 쥐똥과
피부염 부스러기 감각주의를 장롱에 찔러두고
다시 돌아오는 햇빛을 어찌 섬길 수 있습니까
하루종일 천안의 평지를 채우던 먼지와 벽돌을
멀리멀리 먼 곳으로 치울 때까지 이 밤은 우리들의
안부입니다 이 나라 가슴팍에 품은 피리이며
슬픔인 것을 덤덤한 길바닥도 다 압니다

떡으로 신령으로

마귀야 물러가라 사람이 떡으로만 살 것이
아니라 하느님을 섬기면서 사는 것이니라*
옳은 말씀입니다 아닙니다
고조선 이래 우리나라 열왕 정토의 율법에 대한
경제적으로 말하자면 불평등 분배와 부의 편재를
심화시키는 폐해가 있음으로 해서**
최종적으로 말하자면 사람이 배가 불러
눈으로는 우상을 보고 손으로는 우상을 만지며
몸으로는 우상의 성채 속에 안주하기 때문에
누구보다도 우리들이 사십 일간 사백 번씩 광야에서
마귀에게 시험을 받게 되었습니다
일찍이 부여의 迎鼓 고구려의 東盟 예의 舞天이
그런 춤이 떡으로 신령으로 하나인 잔치였으나
지금은 우리들 깡마른 고통으로
가뭇없이 죽으며 살아가는 방식과 함께
이대로 평민주의는 말끔히 신령합니다
아닙니다 그래도 우리는 쉽사리 수긍할 수 없는
낭패 한 무더기를 감추고 있습니다
자기의 토지와 농기구를 가진 농민의 소득이
맨손과 썩은 충치와 작은 염낭을 찬 선비들의

노임처럼 부채농 부채농이 되었으니
죽은 놈의 흉내로 누워 있는 논바닥 지지랑물 냇가에
여뀌풀만 모여서 흔들리고 있으니 내일 하루
땅을 버린 백성은 하늘을 버리기 때문입니다

* 「누가복음」 4장 1~13절.
** 신용하, 『한국 근대사와 사회 변동』 중.

응 답

내가 기어이 나다울 때는
내 눈이 밝아서가 아니라
우리가 하느님을 함께 보고 난 다음입니다

내 입으로만 들어가는 떡을 가지고
어찌 배부릅니까
그 떡을 만드는 중심에는
골고루 나누어 먹는 손이 있습니다

내가 나로서 지향하는 곳은
저기 마주보고 싸우는 힘이 아니라
이 자리에서 손잡고 걸어가는 관계입니다

아브라함을 부르시던 당신의 목소리가
하늘을 우러러 뭇별을 셀 수 있나 보라
네 자손이 이와 같으리니*
지금도 이 땅의 갈릴리 변두리에서
주인을 찾으시는 약속이므로
다수자가 근본으로 주인이라는 뜻입니다

그러므로 계층이 뚜렷한 시대에는
나 홀로 보는 하느님은 아득한 침묵이나
우리와 어루시는 하느님이 벌써 응답입니다

* 「창세기」 15장 5절.

서 민

우리들은 이제 신성한 궁전을 빠져나와
창덕궁 창경궁 근처 돌덩어리 차디찬
골목을 걷는다 근원은 어디 갔는가
가진 것 없어도 우리들은 하느님과 입맞추며
그 가슴 눈이 되어 눈물 자유 동서남북
칸막이를 다 치우고 살았는데
손톱처럼 자라던 신국 그때 자르고
아무때나 민들레 그 민들레를 보고
규칙을 지키며 행복했던 우리들은
오, 구름으로 솟아올라 햇빛 더럽히며
지금은 컴컴한 지붕을 밟고 다닌다
이 단단한 지붕의 탄력으로 나비처럼 날으며
단번에 저승으로 깊어진 충정로 골목에
다시 와서 날 궂은 빗방울로 부서진다
햇빛 한 모금에도 숨이 차던 날들의
상쾌한 그 향기 꺼진 후
그 동안 짧은 허리 늑골 정강이에 붙은
금속들에 매달려 우리들은 거듭 죽어가는
방식으로 꽃이 된다 팽창할 줄 모르고
수천 년 꽃이 된 복장을 벗지 못하고

더 공허한 벽돌 반짝이는 불빛을
끌어안고 화강암 잠속에 도로 잠길 뿐
이렇게 우리들은 골목 안에 머무를 수밖엔
고작해야 팬지꽃 몇 무더기 충무로에 나와서
서울 먼지 타관을 바라보며 시들 뿐

고 급

우리는 때가 묻은 고로 나무를 볼 수 없습니다
육신 가운데서 높은 눈으로 바라보니
저 낮은 언덕 홰나무 싸리순을 볼 수 없습니다
하눌타리 꿩의밥 골풀을 볼 수 없습니다

미끄러운 대낮 너무 많은 경쟁 속에서
앞서자니 빠른 속력과 차가운 쇠붙이 형제가 되어
무릇 고향에서 온 사투리를 표준말로 바꾸면서
눈에 어리는 상표와 귀에 울리는 광고로는
어기여차 삼삼 어기여차 쟁쟁
고급이 아니면 어디라고 발심을 하겠습니까

일이 이렇게 된 이상 당신들의 철학이
당신들의 정견이 당신들의 관용이
당신들의 양심이 그런 모든 얼굴이
고도 성장하여 한강물 수평으로 평준화된 이상
시류와 아류와 일류와 상류와 급류가 하나인
탕탕한 세상,
용꼬리보다는 뱀대가리가 좋은 것이라고
쇠꼬리보다는 닭벼슬이 좋은 것이라고

결판난 세상,
그러나 뒤에서 무거운 수레를 밀면서
지금 누가 언덕을 넘어옵니까

그는 가진 자가 아니며 배운 자도 아니며
그는 받는 자가 아니며 주는 자도 아니며
그는 미운 자가 아니며 이쁜 자도 아니며
그는 채운 자가 아니며 비운 자도 아니며
다만 쓸쓸한 사람 혼자서 문을 여는 사람

둥그런 잠자리 눈은 보는 대로 하늘이고
둥그런 금붕어 눈은 보는 대로 물 속이고
저녁 노을 물들이며 돌아오는 새들은
평화와 통일과 화합과 질서와 생명을
한몸으로 펼치는 문이며 운동인데
어찌하여 우리는 높은 눈만 뜨고
여기 서 있는 땅을 갈가리 찢고 있습니까

문득 고급이 되면 추한 것을 미워하는 눈 벌어지고
문득 고급이 되면 높은 것을 기념하는 눈 벌어지고

문득 고급이 되면 천한 것을 구박하는 눈 벌어지고
문득 고급이 되면 사람이 달라져서
누워서 천국이요 앉아서는 극락이니

독점하고 전매하고 포식하는 비계덩이
나라를 가득 메꾸었습니다
교만하고 포악하고 아첨하는 부스러기
나라를 가득 메꾸었습니다
창백하고 편협하고 몽상하는 뭉게구름
나라를 가득 메꾸었습니다
억압하고 기만하고 외면하는 연자방아
나라를 가득 메꾸었습니다
실성하고 왜곡하고 방황하는 칠양지꽃
나라를 가득 메꾸었습니다

뒤에서 쓸쓸히 저 언덕을 넘어오는 사람을
면박하는 상처가 어디 그뿐이겠습니까
풍세면 어느 빗방울로도 빵 이 골짜기 터지면
어이하리 그 파멸 홍수 멸망의 날에
어떤 노아가 방주를 만들어*

어기여차 넘실 아라랏산에
어기여차 덩실 도봉산에
잣나무 조각배를 띄우겠습니까

며칠 전
풍세면 남관리에 별똥이 떨어졌다는 소식은
듣던 대로 허황된 풍문이 아니었습니다
그것은 참말로 아름다운 천씨네 아들의 탄생과
그 동네 밭두렁의 며느리밥풀 때문이었습니다

　*「창세기」 6장~9장.

방울꽃 한 짐을

비행기로 날지 않아도 우리나라 땅은 좁은
면적입니다 여기는 촌락이며 거기는 도시
진도의 가랑비는 명동에도 내리고
종각의 기왓장이 어떤 김씨네 지붕으로 있고 보면
우리나라 땅은 귀할수록 자본이 아니며
더욱 투기는 아닙니다
이대로 고향이며 생명이며 어머니의 젖줄이며
무엇보다도 혼자서 차지한 정원이 아닙니다

오늘 아침 방울꽃 한 동이를
신계리 남씨가 끌어안고 나왔습니다
그 정도로만 꽃을 뜯으며 붙잡은 땅에서
신경통 며칠을 고쳐보려고 어림어림
방울꽃 한 동이를 끌어안고 나왔습니다

그러면 우리들의 깊은 뿌리는 자식들을 위하여
내일 보는 꽃 신계리 언덕의 고깔춤이 아닌가요
이날까지 강물에 낚시 던지고 거울 보아도
우리들의 자식 말고는 어느 부분이 더 환해지겠습니
까

다시 오지 않는 냇물이 어디로 흘러가도
광덕산 오갈피나무 몇 굽이로 처져 있어도
봄 가을 흔적 속에 맑은 목소리 가득한 땅
우리들의 자식 말고는 어느 부분이 더 넓어지겠습니까

새벽마다 일어나는 신계리 언덕의 안개꽃은
서로 이마를 붙이고 눈 주는 동포인 것을
이렇게 하느님이 만드신 알맞은 평화로
우리들이 입었던 입성 오만한 용모를 거두고 나면
보시오 신계리 남씨 홍씨 구씨
누구나 방울꽃 안개꽃 한 짐을 지고 있는 것 아니오

바람에게

바람은 저항입니다 바람은 핵심이므로
이 세상 아무데나 다니며 부서집니다
편안한 곳에 이르면 바람은 죽고
그 살갗에서 발딱 세상이 일어나면
저 영생과 무감각은 바람이 됩니다

바람은 단명하므로 깊은 밤 속으로 파고들며
법을 피하기는커녕 도리어 법이 되더니
우리 굴절을 향하여 한참 모닥불을 세웁니다

사람들은 환경을 바꾸고 자리를 바꾸고 사랑을
바꾸어도 원대한 이상은 언제나 앞에 있고
죽음은 우리 포부와는 다르게 거기까지 따라가서
교보빌딩처럼 너무 가까이 혹은 단호하게
세종로와 단합하며 널리 퍼지며

이때 바람은 다시 다가옵니다
우리 업적 치적 그 반대편의
세종로를 다니며 쪼개지며

산에 가면 즐비한 산싸리꽃
알루미늄 창문으로 막힌 골목에도
바람은 솟아납니다
바람을 잡기란 힘든 노릇이나
겨울 여름 큰 입으로 물어뜯는 핵심이며
바람에게 일러줄 위치는 따로 없습니다

어젯밤 구리개 언덕을 넘어오던 바람이
경복궁에 들어와 전을 깔았습니다
삼천리 굽이치며 뭉친 바람이 곧 나라입니다

안 개

나는 천국이 어디 있는지 모릅니다
그것은 너무 큰 말입니다
또는 지옥이 어디 있는지도 모릅니다
그것은 도리어 말의 감옥입니다
우리가 사는 이 나라 말고는
걱정도 기쁨도 다른 영토가 아닙니다

사람을 말로 다스리는 정치적인 권력처럼
천국을 우리가 가리키면 아직 아닙니다
지옥을 우리가 가리키면 아직 아닙니다

슬픔이 모여서 천국을 이룹니다
슬픔이 부서져 지옥을 이룹니다
저기 보세요 구름이 구름을 따라가는
의존 때문에 슬픔이 함부로 흩어집니다

누구에게 의존하면 지옥이 됩니다
가령 엄연한 물질 모기 파리 물방울은
햇빛 한 점 다른 살에도 의존하지 않다가
스스로 몸이 터져 꽃이 됩니다

우리가 서로 의존할 때 부서지는 슬픔은
온갖 망상을 만들어 불모의 지옥 짓고
우리들과 동떨어진 천국이여 좋아라
이렇게 식별하고 집착합니다

저런 집착이 그러면 의존입니다
여러 개로 갈라지던 몸이 한데 모여
하나를 이룬 그때부터 나라가 서서
거미줄과 나룻배도 우리의 본입니다

밖으로는 별의 나라 풀꽃의 눈썹
안으로는 그러므로 밖이 가득찬 세상
마른 하늘 바라보며 속지 않는 시간에
당신보다도 왜 우리가 먼저 안개인지 압니다
눈과 입을 버리고 우리가 안개인 줄 그저 압니다

행정리 다릿목의 안개를 보면
주의할 일이지만 어떤 목요일 한밤중에
거기서 천국으로 이슥히 기울다가
다음날 아침에는 까마귀떼로 날아갑니다

하나를 위하여

우리가 둘이 아니요 하나라는 것은
당신과 내 고통을 한 마당에 파묻고
그 김칫독 익거든 겨우내 밥상에 놓아
걱정 없이 먹으려는 마련 때문이지요

슬픔이든 절망이든 서로 다독거리며
그런 게 아니라고 이 막막한 단절을
눈으로 가슴으로 환하게 이어놓고
반딧불 쏘다니는 우리들 밤중을
넉넉히 걸어가볼 마련 때문이지요

우리가 둘이 아니요 하나라는 것은
당신과 내 하늘이 멀리 갈라져
눈비 내리며 속살 젖는 길목에서
저렇게 부서진 믿음 그냥 버려놓아
이것이 극도로 감옥인 찰나에
비로소 넓은 새벽이 몰려오기 때문이지요

이제는 아름다움이 더욱 먼 아름다움이 아니며
크나큰 미움이 더욱 먼 미움마저 아닌

그리운 나라로 깊이깊이 들어가서
기어이 따뜻한 등불을 수만 개 건지며
우리는 맨 나중도 양보하는 불빛이 되지요

바구니

예수여 제발 기적을 행하지 마십시오
가뜩이나 살아가기 뒤숭숭한 세상 일에
기적을 행하지 마십시오 기왕지사 기적이라면
콩밭에서 콩 나고 풀밭에서 풀 나는 게 기적인데
하필이면 중풍을 고치고 물 위를 걸어가며
나는 길이요 빛이요 생명이니……
그런 편법을 쓰지 마십시오
사십 년을 건성으로 그 말씀 들어가며
인삼뿌리 독식하는 후레자식 많은 이상
도하리 굳은 땅에 무말랭이 씹어가며
동편서편 머슴들이 헐레벌떡 사는 이상
이 사람들 만나서 민중으로 섬기면서
호형호제 동체동체 부르는 시인들이 있다고
예수여 그런 고도의 편법을 쓰지 마십시오
이 사람들 여전히 다리 부러지고 손 묶이고
눈멀고 입 물려 나뒹구는 목숨을 두고서
예수여 그런 편안한 기적을 행하지 마십시오
기왕지사 기적을 또 한 번 쓰시려거든
예수여 떡 다섯 개와 물고기 두 마리를 가지사
하늘을 우러러 축사하시고 무리 앞에 떼어놓아

오천 명이 다 먹고 배부른 연후에도
남은 조각 열두 바구니를 거두게* 하십시오

* 「누가복음」 9장 14~17절.

찔레꽃

우리는 아름다움을 위하여 일어나야 합니다
우리는 진실을 위하여 일어나야 합니다
그보다도 우리는 자유를 위하여 일어나야 합니다
그러나 우리는 모든 투명을 위하여 일어나야 합니다

이 순결은 하느님의 것입니다
이 고독은 하느님의 것입니다
이 상처는 하느님의 것입니다
이때는 우연도 필연이며 필연도 우연입니다

바닷가에 네모난 돌이 있습니다
물방울 같은 둥근 돌이 더 많습니다
우리는 이제 우리 자신으로 돌아가기 위하여
저 바다가 우리를 분배하는 물결을 보아야 합니다

이 돌짝 위에 파도치는 물결을 보세요
이 침묵 위에 파도치는 물결을 보세요
표면으로 나온 것은 운동이 아닙니다
그러나 운동이 없으면 중심도 없습니다

우렁차게 모여 있는 산맥을 거느리고
이 넘친 잔을 다시 비우시는 당신은
물들지 마세요 달리 분명하지 마세요
성거산 찔레꽃이 그만하게 피었습니다

보이는 것들과 보이지 않는 것들이
지금은 함께 춤추는 물결을 몰고 나와
당신의 가슴에서 부서집니다
성거산 찔레꽃이 그만하게 피었습니다

아아 파도가 아니냐

대천 바다로 가는 길에 우리는 온양에서 기차를
탔다 완행 열차로 550원 차표를 손에 쥔 채 우리는
상쾌하다 특급 열차의 움푹한 존엄이 아니래도
창밖에는 펄펄 떳떳한 눈발 내리고
큰 것일수록 멀었던 불만도 작아져서
먼 산이 보이고 양심도 보인다
먼 길도 어느덧 새롭게 떠오르는 임무로구나
간밤에 몰아치던 삭풍마저 작은 잡목이구나
이런 날 헛된 사랑 불빛에서 뛰쳐나와
너와 나의 작은 몸 일부까지 똑바로 버린 후엔
어둔 밤 죽은 넋을 숭배하는 일도 없겠다
그렇구나 이 세상 타박하는 불행이 남은 이상
우리 마음 절벽을 씻어주는 눈물 흘리며
바다를 보자 저 바다, 어찌 개인적인 사정이랴
오늘 하루 살아가는 쟁점은 더 이상 대립이 아니구나
내일 하루 기다리는 소식은 더 이상 절벽이 아니구나
파도가 부서지는 해안이구나 해안이 부서질 때
 뜻으로 뜻으로 채운 우리의 앞가슴이 얼마나 뽈록하
고
 초라한지 알겠다 우리는 어느새 아아, 파도가 아니냐

너와 나 구만리 장천으로 흩어져도 한 눈썹이며
한 나라 삼천리 조직 아니냐 친구야 친구야

의 혹

자, 우리 주위에는 만물이 가득하다
물질이 일어나 정신이 되는 형상과
물질이 죽어서 우주로 흩어지는 공백이
나오지도 혹은 들어가지도 않은 땅에서
서로 끌어안고 물리치는 저 무늬를 보아라
그것이 표정인데 표정은 다른 표정의 원인이
되지 못한다 공연히 무겁기만 하고 가볍기만 하고
벌써 중심은 제자리를 떠나 있다

생생히 살아 있는 나무는 죽지 않는다
그러나 맹목적인 운동으로 살아 있는 나무는
우리들이 선택하는 통로보다도 감정보다도
더 어둡고 삭막하다 하느님을 본 사람은
그분을 증거하려고 덤비는 대신

그분이 다가오는 자리에서 고요히 눈을 뜰 뿐
사랑은 중심에서 증거 없이 오지만
하느님의 상처를 만져본 지금*
우리는 도마처럼 뒤늦게 눈을 뜬다
그러나 저기 마귀를 보아라

물체에서 빠져나간 마귀를 보아라
언제나 쪼개지는 것은 마귀이며
이 땅 위에 그것은 실질이 아니며 아니며

자, 그렇다면 이런 것이 아닌가
당신과 내가 분리될 수 없는 이 마당에서
저 별빛 몇억 광년이 아니래도 우리는 하나
저 댕댕이 고들빼기 아니래도 우리는 하나
산지사방에 빠뜨린 지난 넋을 불러다가
당신의 나라를 세우면 세우면
우리는 금방 죽어도 죽지 않겠다

　*「요한복음」 20장 25절.

당신에게

내가 지은 죄가 너무 깊어서
나는 내 자신을 용서할 수 없습니다

당신이여
이와 같은 내 자신이 용서할 수 없으므로
나는 당신을 부릅니다

지금은
당신을 모르고 행동한 나의 자유가
참다운 자유가 아니었음을 깨닫고
불같이 타오르던 내 욕망의 빈집에서 나와
당신을 부릅니다

본래 나는 가진 것이 없었습니다
그때는 부끄럽지 않던 꿈들이
어느새 노여움으로 바뀌면서
당신보다도 먼저 내 자신을 아끼게 되었습니다
그렇게 당신을 떠난 후부터 나는
세상과도 결별하여 무조건 슬프고 불안하고 안타까웠
습니다

바람이 서으로 흐르거나 동으로 흐르거나
살아가는 이치를 내 방식으로 섬기면서
당신과 세상의 눈물을 보지 못했습니다

당신이여
이제야 비로소 나는 당신을 부르면서 아무것도 없습
니다
당신이 끝끝내 나를 부르실 때 내가 다시 있습니다
당신이여, 당신이 나를 부르실 때 내가 새로 있습니
다

어떤 진리

당신을 버린 후에
우리는 먼저 거짓말부터 배운다
거짓말을 다 쓰고 나면 다른 거짓말을 만들고
우리는 당신을 돌아서서 꼿꼿이 있으나
저 죽음마저 똑바로 죽지 못하는 불쌍한 시간에
햇빛은 다가온다, 보아라
지금 파괴되고 구부러진 것이 어디 있는지를
너와 나의 오해와 딱딱한 편견
오만한 사랑이 파놓은 저 함정 속으로
우리의 넋과 이웃의 평화와 조국의 영토까지
찢겨져 파묻히는 거대한 슬픔을

당신을 버린 후에 참으로 절망한 우리가
당신을 버린 후에 참으로 소생한 우리가
거짓말을 다 쓰고 한 마당에 앉아서
오, 비로소 당신을 새로 맞이한 아침
우리가 어떤 진리를 얻어서 만족하기 전에
우리 동네 황폐한 논밭을 다시 일구기 위해서는
서로 사랑하는 사람이 함께 사는 일이다
이치보다도 튼튼한 말씀이 있거든

거울보다도 깨끗한 나라가 있거든
사랑은 양심보다도 위대한 씨를 뿌린다

응봉동 탱화

우리가 세상을 풍경으로 바라보는 동안
논두렁이 그 주인이며 달팽이가 그 주인이며
흰구름이 그 주인이며 이렇게 판단하고 있을 때
동학사 계곡으로 들어간 그 화가는 며칠 후
동학사 물소리를 혼자 가지고 놀던 화폭에다
응봉동 서민 아파트와 찌그러진 골목을 찍어바르고
나왔다 그러고는 시간의 단절을 받들어
샤갈의 꿈 이야기로는 밀레의 저녁 종소리로는
구부러진 조선 초가집의 지붕 모양으로는
생나무 한 토막 머루 덩굴 한 줄기 따위를
그릴 마음이 아니더라고 말했다
무엇보다도 세상과 동떨어진 겨울 절간에서
온갖 침묵의 선조들과 만난 다음
무슨 넋으로 물감을 찍찍 풀겠느냐고 말했다
나는 집에서 강아지 한 마리를 키우고 있는데
녀석은 주인을 알아보며 무시로 꼬리를 흔든다고
말하면서 무엇보다도 이 세상 문패는 응봉동이며
응봉동 골목에서 펑펑 코를 푸는 사람들이
그 사람들이 우리나라 진짜 탱화라고 일러주었다

지금까지

1

지금까지 나는 선과 악이 공존하며
날이 저물고 아침이 오는 줄 알았으나
해가 달을 품고 달이 해를 품은 가슴속에
간신히 사실 한 무더기가 살아나는 것을 보았다

이 독립을 모르는 잔인한 싸움에서
이긴 편이 선이며 처진 쪽이 악인 것을 알았다

우리가 사실을 버린다면 진실은 아무데도 없다
우리가 진실을 버린다면 사실은 아무데도 없다

그러므로 뜯어도 뜯어도 뜯을 수 없는 사실
이것은 영혼의 불꽃 잎새
지금은 평범한 표정이지만
산이 산이요 물이 물이라는 말씀이 새로 살아났다

아아 이래서 지금
사람은 저마다 우렁차다
홰나무 작은 가지로 우리가 흔들리고 있을 때

위례산 헛된 자리로 우리가 버티고 있을 때
여기서 황홀한 대문이 활짝 열리고 있다

2

우리가 진실하게 살도록 분부하시는 당신은
환경이나 조건이나 체력이나 기본이 아니라,
당신의 위대한 돌 한 무더기로 쌓인 침묵 위에
그 허공을 불사르는 버들눈 실풀의 입성으로 계시니

어느 날 거미줄은 굴뚝 밑에서
잠자리 풍뎅이의 볼기짝을 붙들고
흔들다가 놓아주고 흔들다가 놓아주고 했지만
이것이 우리가 갇혀 있는 삶의 무슨 천장도 아님은
두말할 나위도 없습니다

방바닥에 꼿꼿한 바늘이 떨어져 있습니다
무명실 한 오라기 빠져 있어도
어디로 휩쓸려 들어가기 전에 두꺼운 겨울옷을
찌르고 넘어와서, 아아 깊은 눈매입니다

그렇습니다 행실이 곧 인식입니다
깊은 눈매로 우리를 바라보시는 당신은
스스로 가랑잎 물또래와 나란히 떠내려가며
혼신을 주시니 우리가 지금까지 아끼던 표면은
비로소 아무 소용 없습니다 굳은 가면을
벗겠습니다 슬픔의 옷을 벗겠습니다

3

우리는 어디로 새롭게 떠나야 하겠느냐
몇 마디 가슴에 남은 황폐한 낱말 쏟아놓고
공중에 날으는 저 새의 깃털을 붙잡는
말을 위해 자유를 위해 부활을 위해
어디로 새롭게 떠나야 하겠느냐

많은 분별의 탄압 속에서 바탕이
무엇인지도 모르면서 눈물을 흘리며
혹은 기뻐하던 나날의 슬픈 인연과 집착을
저기 푸성귀 떡잎에게 떼어주마
공연히 벅차오르던 신명을 그런 불굴의 체온까지
떼어주마 너와 나의 시간이 큰 공간이 되도록

지금까지 우리가 함께 아프던 절망을 떼어주마

너와 나의 이 목숨 무슨 넋에 닿으랴
우리 품에 안은 눈물이 이슬보다 곱구나
우리 품에 안은 사랑이 허공보다 넓구나
분별이여 우리 작은 분별이여
미나리밭 어둔 응달에도 미나리꽃이 피었더라
아무도 가지 않는 저 무덤가에 잔제비꽃 피었더라

4

세상을 원망하면 못쓰겠구나
한 마리의 새에게도 땅속의 굼벵이에게도
학자 군자 시인의 자존심보다 더 귀한 뜻이
온 땅에 차 있으니 우리를 찌그리는
섭섭한 일을 원망하면 못쓰겠구나
그렇구나 순결보다도 더 깨끗한 것 사랑이므로
그렇구나 역사보다도 더 귀중한 것 희망이므로

무형의 진실보다 유형의 사실을 더 믿은 대가로
당신이 흘리시는 눈물을 환상으로 덮은 죄가 크구나

당신이 흘리시는 눈물을 환상으로 갚은 죄가 크구나
기쁨이구나 지금 저 죄를 얼싸안은 기쁨이구나
기침이 나오면 쿨룩쿨룩거리며 웃어야겠구나
이 나라에 태어나서 우리가 할 일은
감정대로 짐을 풀던 작은 삭신 버리고
돌멩이로 한껏 뭉치고 뭉쳐서
이 나라 깊은 산에 박히는 일이구나

원 죄

불쌍한 사람의 한계는 죄가 아니라
죄를 모르는 가슴입니다
또 불쌍한 사람의 한계는 생명이 아니라
생명을 모르는 호흡입니다
예수가 십자가에서 죽으신 까닭을
나와는 아무 상관없는 사건으로 간주하고
차를 마시며 길을 걸으며 잡담하는 시간
하느님은 벌써 고뇌하는 자의 편을 떠나 계십니다
참으로 고뇌하고 절망하는 사람을 위하여
하느님이 멀리 계실 때
아, 비로소 고뇌와 절망은 향기입니다
아직도 이 고뇌를 위로하는 하느님이 계시다면
지금 우리 곁에서 절망하는 사람은 누구입니까
하느님의 나라 그 평화를 얻은 후에도
우리는 사랑할 이유가 있으므로 사랑하고
우리는 용서할 이유가 있으므로 용서합니다
이렇게 우리가 사람을 그리워할 때
하느님의 나라는 저 건너편에 있습니다
하느님이 우리를 깊이 버리실 때
고뇌와 절망의 깊이가 우리의 몫이며

예수가 십자가에서 죽으신 까닭이
그제서야 막막한 죽음이 됩니다
그러면 영혼도 아무것도 없이 살아가는
우리의 몸이 있고 빛나는 부활이 있습니다
죽음은 혼돈이 아니며 기운찬 이 집에서
서로 사랑하기 위하여 무한이여
우리는 끝없는 굴복을 기뻐합니다

악 덕

지나간 과거를 돌이켜보면
우리는 몇 마리의 흑염소가 된다
그 많은 죄질의 분포가 시야에서 사라진 후
진실을 펼쳐둔 이마와 살갗에는
더 이상 어떤 책망으로도 지울 수 없는 악덕이
검은 반점으로 박혀 있다
저 사물들의 중량이 소멸된 지점에서
흑염소의 거만한 눈빛은 울부짖음은
풀밭의 기운을 억압하고 무의미를 폭로하며
근본으로 하느님과 접촉한 간격을 벌려놓고
오, 나중까지 우리의 감정에서 빛을 빼앗는다

해가 저문 뒤 풀벌레들 울어도
우리의 커다란 몸뚱이는 잠들지 못한다
이윽고 신성한 것들은 잠이 든 채
흑염소의 저 불순한 눈꺼풀을 풀어놓고
하느님의 혜택이 이곳으로 내려오는
완전히 새로운 공백 앞에 우리를 꿇어앉힌다
잠들지어다 너희의 악덕을 섬기는 공손한 기억이여
여전히 모든 착한 것들이 잠잠한 것처럼

그러나 악덕이여 잠들지어다
흑염소의 쾌락 저 무중력을 버리고 잠들지어다
풀벌레 곤충들이 기어다니는 우리의 풀밭에서
내일은 하느님의 계명도 안락이 아닐 테니

이제야 저것이

우리가 기뻐하는 것은
지금 우리가 작은 사람임을 알기 때문입니다
우리가 슬퍼하는 것도
지금 우리가 작은 사람임을 알기 때문입니다
이렇게 작은 우리로서는 이제야 알겠습니다
당신이 지니신 순수를 우리도 깊게 감싸서
당신의 기쁨이 무조건 위대하며
당신의 슬픔이 무조건 웅장하여
생멸이 통일이고 명암이 통일임을
이제야 받들어 섬겨야 하겠습니다

이 목숨보다 귀한 것이 어디 있겠습니까
이 목숨 튼튼한 평화를 지키려고
천지가 상론하는 회합이 열립니다
그렇습니다 먼 산에서 뻐꾸기 울도록 내버려두셔요
귀뚜라미 밤새워 울도록 내버려두셔요
저기 큰 산과 해가 만나서 하루종일 가슴 붙이고
흥건히 서로 파묻히는 눈썹을 보셔요

이제야 저것이 하늘임을 알겠습니다

우리가 작은 사람으로 아무데나 다니면서
버려놓은 하늘이 일어납니다
어둠이 쓰러지고 새벽이 올 무렵
귀뚜라미 섬기면 귀뚜라미 더 됩니다
저렇게 땅으로 수그러진 나무들 보셔요
오, 이런 당신의 순수가 우리의 실패이며
그리고 부활입니다

나무도 새도 없는

우리의 운명과 자유는 하나입니다
새와 나무가 하나이면서 새는 나무 위에 앉고
또 나무를 떠나 하늘로 다니면서 울고
있습니다 나무는 큰 하늘을 가리키며
이 땅 위에 푸른 시간을 세우고 그 아픔으로
서 있습니다 이 빛은 참으로 우리의 소유입니다
그러나 너울너울 춤추는 나무입니다
아, 또 나비입니다 저 날개와 마주치는 대로
우리가 무거운 몸을 고쳐앉으면
이 눈동자는 벌써 청명한 하늘입니다
우리의 모든 분리가 서투를수록 고통은 칼이 되어
이 땅의 새벽과 저녁노을까지 찌르며
정다운 사물들에게 상복 입히고
착한 사람들의 침묵마저 티끌로 쪼개놓아
산만한 음성이 가득찬 자리
저 밀도와 싸우는 사이 운명은 다가오지만
우리가 채우려던 경솔한 감정을 벗은 후에
어느덧 친구는 종소리를 듣고 웁니다
친구여, 우리 곁에 아무도 없는 위안도 좋으니
여기에 쏟아놓은 종소리를 치우셔요

나무도 새도 없는 곳으로 종소리 갑니다
날은 저물어도 더 이상 저물지 않는 곳으로
친구여, 종소리를 치우셔요

비야 비야

만물이 밖으로 나온 굳은 시간에 비 내린다
그렇구나 비만 내리는 것이 아니구나
천지간에 그냥 있지 못하고 자꾸 무너져내리는
비야 형식으로 몸을 가꾸던 분장을 지우며
어디서 천둥 소리 힘껏 오느냐
수만 개 넋으로도 손잡을 데 없는 세상을
가슴으로 끌어안고 힘껏 오느냐
그렇구나 비만 내리는 것이 아니구나
잘못된 것들이 천둥 너머 숨어서
이 땅을 때리며 때리며 내리는 저 빗방울 소리
그러나 부서지는 것은 아무것도 없구나
상수리나무 잎사귀 혹은 토끼풀의 가벼움도
부서지지 않는구나 우리가 마음놓고 지내던 일들이
쑥부쟁이 돋은 언덕에서 보면 그게 하늘인데
환상으로 겹친 지난밤 오늘밤 몸이 마른다
그렇구나 다른 것들 더 떠내려 보낼 것 없구나
여기서 부분만 보는 일로 맑은 눈일 때
풀꽃도 이쁘고 별빛도 가까운 품새였지만
어디로 버려야 할까 악령들이 자라는 울창한 운명
불현듯 그 비탈 가파른 언덕으로 비야 오너라

할 일이 허다한 결심이 일어나면 그게 또한 하늘인데
정작 검은 침묵은 나오지 않는구나
비야 비야 더 이상 저승풀 자라는 건천으로 오지 말고
천둥 너머 저기 철판 같은 단절을 데리고 오너라
여기는 아직도 물과 물의 간격이 천리로구나
이런 일이 그르다고 비야 비야 흠씬 오너라

동백꽃

거제도 해금강에 동백꽃 피었더라
남해 바다 깊은 굴형 다니면서 살쩐 전복처럼
허영으로 붙잡은 말과 그 부족한 감옥을
벗어놓은 언덕 위에 동백꽃은 피었더라

동백꽃은 고사하고 바늘 같은 마음 한 점
만지지 못하고 우리들은 어디로 쏘다녔을까
수만 개의 감옥을 떠돌면서 답답하던 환상은
꽃도 되고 새도 되고 구름도 되었지만
아, 거기는 벌써 남들이 놀다간 형식이 남아
새들은 서운하게 날아다녔다

공허한 하늘 위로 우리들이 꿈꾸던 별은
더 이상 멀리 있지 않은 동백꽃이더라
저 파도 소리 잠재우지 못하는 살점을 찢으며
언제나 우리들의 얼어붙은 겨울을 녹여주던 꽃은
한번도 제자리를 떠나지 않은 시간이더라
동백꽃 그 언덕은 아무것도 반짝 다스리지 않았지만
나중에는 우리들의 슬픈 눈과 어깨를 주무르며
남해 바다로 내려온 저 별을 끌어안고 있더라

부 분

내가 필연적으로 당신 곁에 머문다면 떠나겠습니다
당신의 사랑이 너무도 정당하므로 그것은 아무도 없는
침묵이기 때문입니다 새들과 친구가 있는 나라로
당신의 눈빛이 작은 부분으로 보일 때 나의 무한은
신선한 섬광으로 다시 옵니다 이제부터는 낯선
풍경들을 내쫓았던 단절을 되찾아 나무에게
그 이름을 주고 별에게도 그 이름을 주겠습니다
당신은 언제나 내 마음 밖으로 넘치므로 투명한
사실마저 소멸되는 것을 미처 깨닫지 못했습니다
그 공간에 무슨 진실이 있겠습니까 진실은
좁은 통로일 때 힘이며 방향이며 자유입니다
그러나 나의 운명이 당신을 떠나야 할 것이라면
여기에 남겠습니다 당신을 떠난 가벼움이
그때는 아무 자리도 없이 흐르는 표류가 되기 때문입
니다
월계꽃의 저 완성이 무엇보다도 당신이 베푸는 보상
이며
이 구분된 간격에서 내 기쁨이 새로 일어납니다
그 동안 당신과 나를 훼방하던 말을 치우면서
우리는 차례로 차례로 사는 면적을 차지합니다

당신이 와서

몸은 늘 새로운데 말은 어제의 그 생각을 좇고
그 말의 한계를 뛰어넘을 수 없는 넋으로 절망하며
당신을 터무니없이 시험하고 있을 때
기어이 내가 나를 만들지 못하는 표면으로는
아, 아무데도 되돌아갈 수 없는 저녁
삶이여, 지금이 당신을 활달하게 만나는 몸이구나
당신의 나라 문밖에서 무너진 기운을
다시 일으키는 시간이 몸이구나 우리들의 몸이구나
여기서 더 이상 바라볼 것 없을 때 당신을 만난
몸이구나 저기 언덕의 들꽃들이 무슨 들꽃이랴
밤에는 반딧불이거나 새벽에는 이슬 방울로 떠올라
아무런 입성도 오래 입지 않는 기쁨이어라
우리가 곁으로 머문 동안 당신은 그저 인질이었을 뿐
당신보다 먼저 몸으로 돌던 망상이 흩어진 후
삶이여, 우리는 더욱 섬길 일이 있구나
당신이 와서 몸을 이룬 희망이구나

이 가을에

신직산 코스모스 꽃길을 갈 때
한 송이를 보아도 백 송이를 보아도
거기서는 가슴이 활짝 열리더라
우리는 이 가을만 넘기는 순번을 지나
이 나라 땅으로 백번을 되돌아와
친구야 신직산 코스모스 꽃길이 되자
하양 분홍 그리고 또 다른 하양 분홍
그렇게 제각기 틀린 기분으로 흔들려도
깨끗한 주둥아리 한 거동이 아니냐
참다운 사람은 꽃다운 얼굴로
목소리를 낮추고 더 낮추면서 말할 때
당신이 먼저 하늘이어요 하늘이어요 말하네

말에 대하여

우리는 말을 버려야 정직한 사람 됩니다
참다운 사람을 그르치는 말로
지옥을 만들었으니 이 혹독한 심판의 날에
우리는 말에서 벗어나야 합니다

말이 모이면 주장이 되고
주장이 모이면 사상이 되고
사상이 모이면 하느님의 말씀마저 어둡게
예루살렘 성곽의 헛된 돌짝 밑에다 가둡니다

말은 창보다 더 무서우므로
주장은 총보다 더 무서우므로
사상은 핵보다 더 무서우므로
우리 예수는 돌 하나도 돌 위에 앉지 않도록*
저런 궁전을 세차게 무너뜨립니다

하느님의 율법은 말이 아닙니다
원리도 아니며 지침도 아닙니다
그냥 피이며 월경이며 경지입니다
고독으로 방종으로 슬픔으로 더럽혀져도
더 이상 상처나지 않을 때까지 싸우는 순결입니다

이 착한 사람은 하늘의 별과 풀밭의 쇠똥과
물을 보아도 갑자기 서둘러 말하지 않고
그저 짤막하게 이야기합니다
어디로 멀리 갈라진 말이 아니라
문법을 치우고 말하면서부터
그는 언제나 새사람으로 탄생합니다

배추벌레 눅눅한 떡잎을 따주면
배추밭에 신선한 평화가 오듯이
참다운 사람은 우리들 앞에서 말하지만
그는 다만 몸으로 파랗게 서서
지금 어떤 위치가 어긋나 있는지 알려줍니다

말로 우리를 속이는 환상에게
불신으로 얼룩진 우리들 폭력에게
똑똑한 분별을 가하지 않아도
그는 스스로 착한 말로 살아갑니다

* 「마태복음」 24장 1~2절.

종달새

우리가 아름답게 살려면 먼저 하늘을 보아야지
그 하늘에서 무슨 소리 듣고 말 지운 다음
향기 없는 침묵을 감싸안으며
그렇지 저 불편한 문제——종달새가
종달새를 부르며 솟아오르는 하늘을 보아야지

문득 오동나무 물싸리 따위도 고개를 들고
튼튼한 위안을 삼는 하늘로는
우리가 기다리던 희망은 오지 않는다
서운한 사정들이 보이는 저녁 한때일 뿐
진정으로 우리에게 필요한 것은
그렇지 저 오동잎새만한 한도이며
혹은 그 한도를 훨씬 넘어 넘어

엉뚱한 하늘이 우리 마음에 또 걸려 있구나
여기서 살아가는 시간이 붕붕 떠서
남의 얼굴에다 용 그리며 도깨비 붙이고
풀벌레도 내 궁이요 바위요 울릉도 되었다가
하루 만에 그것은 불순한 고뇌에 떨어져
세상 밖으로 달아나는 달빛을 따라

지옥으로 환락으로 바뀌었던 눈물을 쏟지만

하느님의 말씀 덕분으로
청명한 아침나절의 산책으로
더 멀리 빠져나간 체중을 도로 찾은 후에
아, 가슴에 쌓인 불결을 뜯어내고
높이높이 솟아오르는 생생한 하늘을
──종달새를 보아야지

그 자리

애고 애고 때고 울어보자
우리 동네 맹만이가 죽었고나
고추밭 담배밭 고달프게 가꾸어
그 농사 본을 보여 이웃에게 신명주던
맹만이가 죽었으니 울어보자

애고 애고 때고 울어보자
우리 동네 오과부가 죽었고나
고구마를 구워 팔던 짧은 손매듭에
세상 눈물 감추면서 자식 크는 재미로 웃는다던
오과부가 죽었으니 울어보자

애고 애고 때고 울어보자
우리 동네 남숙이가 죽었고나
국민학교 졸업하고 모시공장 들어가서
손톱 빠진 슬픔 따위 천연으로 견디며 늑막염을 앓다가
남숙이가 죽었으니 울어보자

애고 애고 때고 울어보자
우리 동네 송철수가 죽었고나

미쟁이 그 사람 평생 벽돌을 포개면서
대전 청주 다니며 남의 집 육중한 층층대를 쌓아주던
송철수가 죽었으니 울어보자

애고 애고 때고 울어보자
우리 동네 서풍진이 죽었고나
칫솔 비누 화장지를 손수레에 끌고 다니며
직산 후박나무 지역보다 더 푸성지게 살던
서풍진이 죽었으니 울어보자

오, 지금은 저 멀리 있는 하느님께
근본으로 떨어져서 듣는 이 음향
신성한 내면을 더는 숨길 수가 없구나

애고 애고 때고 울어보자
우리 동네 신점돌이 죽었고나
그런데도 그 사람이 죽은 자리는
우리도 다 닿은 공간에 담아놓은 고요뿐이니
신점돌이 이제야 참다운 말문을 열어두었고나

흰구름

무엇이 공기 속에 숨어 있나 보자
네 마음 내 마음 마주쳐보아도
골백번 허공이며 허공이며 견고한 눈매
더 들어가서 무엇이 숨어 있나 간절히 보자
쾌락으로 매일 죽는 영혼이 있구나
영혼처럼 때가 묻는 육신도 있구나
저 믿음 바깥으로 날아가던 새들이
허공과 허공을 가르며 와서 지저귀는 소리가
새로 있구나 들어라 들어라 나는
당신을 가장 귀한 사람으로 완성하려 한다
우리는 지금 찬찬히 서로 사랑하는 일이므로
풀의 공기를 마시며 산의 공기를 마시며
한강에서 뽑은 햇빛 금강에 가서 뿌려도 좋고
하늘까지 오르던 마음 땅바닥에 대보아도
이런 일은 벌써 좁은 가슴으로도 이루었으니
빈 것들을 채우려고 날은 저물더라
거짓말을 지우려고 돌은 빛나더라
우리에겐 공연히 너무 행복한 또는 불행한 인식이
탈이었구나 괜찮구나 이 공기 속엔
하느님이 없는 대신 씩씩한 침묵이

아무데나 가득한 허무를 몰고 다니며
그것을 근근이 소금밭으로 대어두고
또 묵묵히 흰구름을 우리 곁에 놓아두니
공기여, 이 나라에서 우리가 빠른 걸음으로 어디로
가겠느냐 착한 숨을 모아둔 저 소금밭 말고
당신의 나라 소금밭 큰 허공이 더 좋아라

화 해

간밤에 사는 것이 헛일이라고 말하던 불빛이
아침에는 더욱 큰 안개로 흩어지며
천안 성거 넓은 땅을 함부로 덮는구나
이 안개가 어찌 어둔 적막이랴
부끄러움 한 가닥도 그냥 두지 못하는 너와 나의 분
별로
이 땅의 허망한 꿈을 고만 멀리 흐려놓고
이때로다 참사람을 불러오는 하느님이 꼭 있구나
아니 아니 아무것도 없는 허공에다
네 것 내 것 나눌 것 없는 아득한 단절을
오, 건너지 못하는 더 깊은 침묵을
이때로다 너와 나의 먼 잠이 다른 통신으로 와서
저기 또 밀물로 올라와 우리를 편드는 아산만 물결이
오늘은 원칙으로 성령이 아니냐
이 일을 제쳐두고 친구여 어디 가서 헛된 복을
받으려고 캄캄한 만길이 어깻죽질 흔드느냐
삼만 근 철근이 쌓이면 철근을 녹여주는
불 담은 화로가 우리 마음 아니냐

재를 보는 방법

재를 보았을 때는 그것을 얼른 재라고 보는
일입니다 그 시간이 늦으면 재는 스스로
수염을 달고 수만 개의 얼굴로 변장합니다
변장합니다 지상의 모든 것들을 재로
만든 후 천상의 것들마저 재로 섞으며
여기서 세상을 바라보는 방법을 빼앗아
갑니다 오, 욕망이 끊어진 자리에서 미를
본 우리가 끝까지 살아 남는 사람입니다
그것이 재를 보는 마지막 방법입니다
미라니요 일어나 움직이는 것 말고는
어디에 또 미가 있겠습니까 전문적으로
파고드는 눈을 감고 똑바로 재를 보셔요
그 재를 다 치우고 나앉은 자리에선
아무래도 우리가 빈혈로 쓰러지겠지요
어머니, 우리는 재를 보고 일어나는 자식입니다

오만 년

지금은 모든 초목과 짐승과 인간이
하느님에게 먼저 용납된 연고로
여기서 함께 어울려 사는 것이란다
막달라 마리아여 누님이시여

우리가 무슨 넋으로 힘으로 지팡이로
저들을 용서하랴 임어당의 관념과
마테오 리치의 초면과 팔공산 껍데기를
들고 다니며 초상집 환갑집 문간에 서서
흔한 말로 아저씨의 어진 술맛을 불러대던
저 순리와 순리가 아닌 것의 평범을 위하여

목천면 선도비는 그 문중에 잘 있단다
우리 동네 회당문 열어두고 풍장을 치면
어깨춤 가지고 한 마당에 모이는 나라
성환 배나무와 광덕면 호두처럼 영근 몸으로
세상을 사랑하며 사랑하며
그리고 최후까지 당신을 섬기던
막달라 마리아여 누님이시여

세상만사 저절로 태평하고 혹은 의미 없는
막판으로 돌아온 저들을 어찌 용서하랴
고구려 발해 단군까지 이마를 대고
한마디로 간절히 이어온 말 들어보면
따뜻한 논밭에서 놀고 있는 개구리 베짱이
혹은 겨울 문풍지를 열고 들어오는 햇빛들도
이 깊은 목소리의 자식이란다
오만 년 오만 년 오만 년의 자유

총독에게 이기고 율법에게 이기고
스스로 작은 자신에게 이기며
아무데도 갇히지 않은 어둠인 것을
어쩌랴 자유인 것을
지금은 오만 년이 한쪽 모서리에 매달려 있느냐
막달라 마리아여 누님이시여

우리는 더 이상 갇히지 않으리라
댕댕이 덩굴 큰바위 북악산에게라도
더 가까운 개구리 베짱이의 발목에라도
우리는 더 이상 갇히지 않으리라

햇빛이 먼저 와서 기다리는 이 언덕으로
오만 년 자유를 데리고 오는 당신 앞에
우리 어둠 속 감금은 비로소 공기여라
막달라 마리아여 누님이시여

저 슬픈 눈빛 그릇 따위 옆에 두지 않으리라
선반 위엔 아무것도 올려놓지 않으리라
나의 심정 하나로 하늘을 삼지 않으리라

계룡산

눈보라치는 계룡산 골짜구니
눈송이로 나부끼는 만백성아
오늘은 상승하강이 저만하여도
우리는 한사코 계룡산이 아니냐
어스름 달밤 고요가 아니라
잠시 후 만백성의 풍향이 되겠다
보아라 보아라 계룡산 눈보라를
앉은뱅이 벙어리가 눈보라 된다
만백성이 한몸으로 눈보라 아니냐
계룡산 뒷면에도 눈보라 아니냐

진 흙

진흙을 빚어 우리를 사람으로 세우셨다는
당신은 오늘 아침 신문을 보니 오, 당신은
콜롬비아 아르메로 평원의 넓은 꽃밭에서
일체의 빚을 거두고 무엇 때문인가 무엇 때문인가
당신의 피와 살과 뼈로 닿은 생명을 팽개치고
저 루이스 화산 유황불 검은 아가리를 벌려
누워 있는 사람과 앉아 있는 사람과 서 있는 그 행보를
묻지 않고 벽돌과 곤충과 새들의 동작까지 휘잡아
진흙뻘로 덮으시니 오, 당신의 진노가 땅에
닿은 오늘 이제는 우리가 변명할 일 없구나
그렇구나 우리들 평평한 죄업을 나누지 않고
여기 유황불을 퍼붓는 당신의 수중에서
우리는 어디로 물러나 몸을 새로 세우겠느냐
너희는 서로 사랑하는 마음과 시간을 잃었으니
내 죽음으로 기어이 죽음을 면치 못하리라
그리고 여전히 진흙 위에 계시는 당신은
오, 당신의 죽음으로 우리들의 죽음을 모두 채우신
당신의 나라 왼편에 오른편에 우리가 있구나
아르메로의 재터여 우리 마을의 심판이여
이때야말로 당신이 남겨둔 일 있구나

곰팡이와 이슬을 밟고 지나가며 지나가며
이 길에서 만난 우리가 서로 손을 주는 일이구나

겨 울

우리들의 산아여, 언제 죽었느냐
미루나무 소나무 묵묵하게 서서
아침 저녁 단독으로 거기 있구나
누군지 가득하게 서 있는 것 또 있구나
사랑 진실 생명 부활이 아니라
누군지 가득하게 또 거기 있구나
신직산 허허벌판 건너온 찬바람이
미루나무 소나무를 할퀴고 있을 때
산아여, 마른 잎새 허공으로 말하여라
지난날 거짓말은 다 드러났구나
사랑 진실 생명 부활이 아니라
산아여, 마른 잎새 허공으로 말하여라
누군지 가득하게 또 거기 있구나
무슨 무슨 슬픔이든 섬기고 싶구나
우리나라 신직산 허허벌판이여
오늘 내일 이대로 감출 일 더 없어라
이 지상에서 진정으로 강한 자여
오너라 금년 겨울 한복판이 다 드러난 연후에
오너라 이 지상에서 진정으로 강한 자여

저 들꽃들이 피어 있는

들쥐들이 다니는 길보다도 시는
길이 아닙니다 우리가 지은 죄를
이 언어로 씻을 수 없음을 절망하는 동안
해가 산마루에 떠오릅니다
허물지 마셔요 당신과 내가 한몸으로
저 해와 산을 가슴에 담는 시간을
허물지 마셔요 어둠이 몰려오면
산딸기 덩굴처럼 엎드린 부끄러움을
우리 곁에 달리 놓을 곳 없습니다
오늘 큰 산과 해를 받들어 몸에 두르고
들꽃들은 저렇게 피었습니다
저것들이 우리 거동 아니면 몸이 아니면
높은 하늘도 땅도 아무 소용 없습니다
들쥐들이 다니는 길보다도 시는
길이 아닙니다 그러므로 허물지 마셔요
시보다도 먼저 오는 깨끗한 시간을
아아 날마다 눈부신 이 부끄러움을
다 뽑아놓은 자리에 들꽃들이 피었습니다
허물지 마셔요 당신과 내가 한몸으로
저 해와 산을 가슴에 담는 시간을
허물지 마셔요 저 들꽃들이 피어 있는 시간을

배나무

성환 대홍리에서 배농사를 짓는 흠정씨는
과수원에 나앉아 담배 한 모금을 삼켰다
별 같은 작은녀석 잔병치레 막아야지
둘째년의 장미실은 며칠 후에 조끼 되나
큰애야 양구땅 산골짝에 초병으로 장허다
나는 밭고랑에서 너희들 시간이 오기를
잔뜩 바라노라 그러나 큰애야
네가 읽다가 놓아두고 간 서적이
무슨 근본인지는 몰라도 오늘 아침은 적막허다
우리 동네 논두렁 신가리 매주리 남창
청군 왜군이 들어와서 싸움질하던 풀숲이
저기라고 일러주던 애비 손 보이느냐
공주로 몽진 가던 인조대왕 먼 고려 왕건도
이 과수원 살기 좋은 햇빛을 모두 남겼거늘
지금은 저 연못 속에 육이오가 가라앉아
여름날 가뭄에는 큰애야
소나무 등걸 같은 바닥이 드러나서 눈망울 찌른다
이 시간을 큰애야 너에게 맡겼구나
작은녀석 둘째야 너희들 뼈와 살도 애비 것이
아니지 물오른 이 배나무가 대홍리를 덮는구나

94

너희들 한데 모여 애비 땀을 씻지 않아도
이장 노릇 동네 호상도 내 붐비지 않다, 다만
성환벌 부드러운 흙에서 태어난 너희들이
영구네 뒷산으로 날아온 백로를 따르려면
뜸모처럼 마음으로 바람들지 말고
더없이 물오른 이 배나무만 하여라

맑은 날씨

이상한 일이다 우리나라 역사는 반만 년인데
큰 도시 네거리 작은 마을 동구밖에
이백 년 오백 년 서 있는 나무들이
없다 면천국민학교 뒷마당 그 은행나무가
우리 운산면 자존심으로 남아 있을 뿐
참 이상한 일이다 고조부 증조모가 물려주신
문갑과 자물쇠를 천 냥 줄 터이니 달라고 조른다
역사를 골동품으로 만지면 그런 나라 망하는 걸
참 이상한 일이다 우리들의 혼과 긍지는 어디 갔을까
재필이 이모는 체중을 빼기 위해 춤추러 다닌다
흰구름은 흘러가는데 우리는 이 삶을 벗어날 수 없어
당구를 치고 신문을 읽고 또 비분강개하지만
정작 우리들의 표정은 달라지지 않는다
대합실에 멍청히 앉아 있는 저 사람은 누구일까
누구를 기다리는 것일까 어디로 떠나려는 것일까
아무것도 시작하지 않는 이 시간 연기는 꺼지고
벌레들도 죽을 텐데 참 이상한 일이다
행동은 언제나 쉬운 일이지만 인식이 돌처럼 굳어진
뒤에
가벼운 나으리들 좋은 집에서 걸어나와
맑은 날씨를 찬양한다 자비로운 하느님을

지하 생활

사실은 별로 중요하지 않았다
그들이 밤낮으로 찾고 있는 것은
사랑이었다 자유 없는 사랑을
현실은 사실을 증명할 겨를 없이
어둔 골목과 수풀 속으로 이어져
본색을 감추기에 충분했다
그러므로 사실은 기탄없이 지나가므로
하찮은 친절에게 영혼을 팔고
뒤로 물러난 죄악에게 만면히 웃어주는
그들은 이미 평범한 사람이 아니었다
한마디로 자유를 지탱할 만한 정신력이 없었으므로
역사는 터놓고 다른 방향에서 결정되었다
그들에게 일용할 양식을 던져주고
하느님은 바깥으로 놀러 다니면 되었다

뿔

선과 악을 분별하는
도깨비가 날아온다
저놈을 잡아라
선한 것을 악으로
악한 것을 선으로
뒤집고 뒤집는
도깨비를 잡아라
선한 것이 무엇이뇨
악한 것이 무엇이뇨
기운을 빼앗기면
이마에 뿔난다
저 기운은 무엇이뇨
참나무 잎사귀는
참나무 것이고
노랑나비 호랑나비
아름답고 자유롭다
선과 악을 분별하는
도깨비가 날아온다
저놈을 잡아라
지상으로 지옥짓고
하나하나 할

허공으로 천국짓고
하나하나 할
기운을 빼앗기면
이마에 뿔난다
옥구슬을 바수어라*
욕심으로 눈물나고
부적을 불태워라
해와 달이 어둡고
이 도장 그 됫박
저울대를 꺾어라
거문고에 하늘없고
구변으로 진흙더미
천리밖에 수레끌어
온갖지혜 동원해도
홀랑홀랑 도깨비다
무지개를 거두어라
성거산이 파묻히면
명왕성 천왕성
민들레가 시든다
물아물아 냇물아

네가 다 가져라
선과 악의 분별을
네가 다 가져라
수신면 복다회리
은모래와 금모래
물아물아 냇물아
네가 다 내놓아라
강당골 개똥벌레
네가 다 내놓아라
이승저승 갈라놓은
먼길 다 내놓아라
풀무치 여울물이
하나요 둘이요
아흔아홉 백이구나
이 기운 빼앗기면
끝끝내 허무하다
이 기운 빼앗기면
이마에서 뿔난다

* 이하 10행은 『莊子』 外篇 胠篋에 전거함.

장 작

이제는 아무도 장작을 뽀개지 않는다
장작이 없기 때문이다 사내들은 산을 내려오며
실버들을 붙들고 얇은 물이끼 위에서도 미끄러진다
전화를 걸 때처럼 우리 도시가 편안해진 후
쩡쩡 통나무를 쪼개는 소리 들리지 않는다
사내들은 시내로 자동차를 몰고 와서
증권에 손을 대거나 인삼차를 마시며
어떤 불의든지 눈감아준다
도량이 넓어서가 아니라 감각으로 보건대
동쪽과 서쪽이 맞물려 있는 까닭이다
이제는 아무도 장작을 뽀갤 수 없다
도끼가 없기 때문이다 사내들은 노동을 하는 대신
바둑을 두거나 낚시를 다니거나
신선이 된 착각으로 관대하게 웃을 따름이다
그렇다면 정원에 있는 나무는 무엇하러 깨어날까

지푸라기

우리가 북한산의 바위가 되는 것은
사랑이 아닙니다 천사를 바라보는 황홀
속에는 더구나 자유도 없습니다

우리에게 자유를 빼앗는 일은
우리의 고통을 빼앗는 일입니다
그렇게 창공의 새들이 노래부를 때
당신이 사라진 하늘 밑에서, 우리는
턱도 없이 높은 북한산이 되었습니다

언제나 우리에게 옆자리를 남겨두신
당신은 이렇게 말씀하십니다
네 자리를 넘어 넘어 내게로 오라
네 자유와 고통의 몫으로 내게로 오라

그러나 우리는 감시자의 기분에 맞도록
길들여졌으므로
아무 인연도 없는 이웃을 위하여
이 땅의 돌들을 떡으로 만들며
요컨대 우리끼리 뭉쳐서 당신에게

반발합니다

그러므로 우리가 죄인인 까닭은
지난날 저지른 잘못에서보다는
영혼을 박쥐처럼 천장에 붙이고
몸으로 전체로 당신을 버리기 때문입니다

이 땅의 빛을 어둠으로 채우는
한 가닥 지푸라기 나무껍질 따위
너희처럼 곤궁하게 몸을 바꿀 때, 우리는
당신의 옆자리를 차지합니다

고려산

작은 일에 기쁨을 주던 누이야
네 얼굴에 구김살이 없는 것은
나무가 그렇게 서 있는 것과 같아서
한숨으로 세상을 들이마시기 전에
작은 것을 천심으로 바라보던 누이야

깊은 밤에 쑤꾹새 가득히 우는구나
절골에서 내려오는 달빛을 가리고
늙은 느티나무 정정하게 서서
모든 허공 작은 사정 밤안개로 적시며
이런 밤에 쑤꾹새 가득히 우는구나

가까운 것일수록 먼 것이라고
바람이 그런 방식으로 불어온다고
야무지게 옷매무새 만지던 누이야
전의면 들꽃들이 밖에 있지 않고
네 가슴으로 눈물처럼 홍건히 고이던 날

아침에는 으레 더 작아진 누이야
우리 고향 고려산이 일어나서

네 천심을 본받으며 거기 있구나
고약한 날씨에도 너를 찌푸리지 않고
제자리에 바로 앉은 누이야

떨기나무

당신의 거룩한 옷소매를 떼어버린 후
우리가 떨기나무 가지 나뭇잎이 되어
하찮은 그늘을 만들며 놀고 있는 것은
산이슬 도마뱀 엉겅퀴를 거느리고
작은 하늘 큰 하늘 수만 개로 쪼개며
이 품안에 태조산을 얼싸안는 일이니

아무도 보지 못하면 그게 신령하던 것이
우리끼리 한 마당 오십 보 백 보에서
이제야 다 같이 바라볼 때 신령해 보이는
태조산 조팝나무 팽나무 푸른 소나무

그 동안 광야에서 홀로 보낸 당신의 고독이
낮은 산허리 우리한텐 헛일이 아니었나 몰라
혹은 성전에서 외치던 당신의 분노와 질책이
가지런히 평지인 우리한텐 헛일이 아니었나 몰라

우리는 아무도 푸대접할 수 없어 밤에는 별에게
낮에는 지질한 산길에게도 인사하며 놀았지
숫제 네 눈 내 눈 떨기나무 한 가지에 실어두고

엉덩이 발목으로 솟구치는 힘을 모아 덩실
더덩실 태조산을 얼싸안고 춤을 추었지
이런데도 당신은 당신 방식으로 하늘을
아득한 하늘을 돌려대고 노실까

무지개꽃

꽃잎이 퍼렇게 물든 그 꽃을
사람들은 무지개꽃이라 부른다

제 몸 하나 큰 발로 건사하지 못하고
몸보다는 마음으로 서러운 일 가지고
언덕 너머 가랑비 구름 되는 판에

세상에 좀스러운 놈일수록
땡볕에 시든 풀을 깔고 앉아
태조산 뜬눈으로 훌쩍 돋은 달을
그 달 좋다 좋다 건성으로 바라보며
귀 떨어진 선소리만 하고 있으니

있다가도 없고 없다가도 생기는
굽은 산줄기 이 나라 역사 같은 모양으로
줄창포 다시금 피어야겠다
우리 동네 안서리 바람받이 길가에서는
그러기에 들장미 찔레꽃은 소견머리 아주 없다

아직은 어떤 죽음도 새로운 목숨으로 옮겨가지

않는다 잎마다 몸을 세워 잠깐 마주보아도
성한 데 한 군데도 없이 멍든 살 창포꽃
땅에서 누가 받쳐주는 힘이 있는 줄 알면
정말로 그때 어디서나 무지개꽃 필 텐데

지금이 영원이라고 거짓말하는 사람들은
제 몸 겨우 지키며 푸르른 이 꽃을
섣불리 무지개꽃이라고 달리 부른다

한 줄기 희망이

공기는 아무데나 들락거리지 않고
언제나 그 자리를 한꺼번에 채운다
모든 것을 그 자리에 놓아두고
저마다 자신에게 도달한 오늘
우리는 정녕 무엇으로 산 것 아니구나

머리 위 해와 달을 지운 다음
망령을 불러 시달리며 어디로
어디로 떠나려는 꿈을 쪼개고
입다문다 일찍이 위대한 것은 부패했고
하찮은 것들이 일어나 반짝일 때

유량동 실개천 여뀌풀도 일어나서
우리들 품속 더운 노래처럼 우거져
자욱하다 이곳에는 해와 달의 운행이
그냥 지나가며 눈부심을 잃고
다만 우리가 만든 희망 한 줄기가 선명할 뿐

어디로 어디로 가자는 것 아니구나
우리들 편견이 기우는 저녁나절

수만 겹 절망과 무기력을 내쫓는
한 줄기 희망이 벗이구나
사람이 사람을 위하는 벗이구나

나무야 벌레야

나무야 벌레야 모래야 미안허다
건성으로 너희들을 쳐다보며 뻗대던
이 기분이 미련이구나
빗방울 한 점이 떨어질 때도
다른 자리는 내어주고
제 몸 하나 공손히 받들며 오는데
나무야 벌레야 모래야 미안허다
엄연히 살아 계신 하느님을 속이며
함부로 말을 하여 세상을 버려놓고
먼 하늘만 바라보던 이 눈이 병이어라
좋은 일 어디든지 닿은 노상에서
평지풍파 일으키고
여러 사람 섭섭하게 만들며
무슨 놈의 신명인지 벼랑인지
물안개 몰고 다니던 날
슬픔도 기쁨도 내 것이 아니므로
하루해를 지성으로 섬겨야 했거늘
천안 뒷골목에 오늘 서서 보니
나무야 벌레야 모래야 미안허다
너희를 속이고 종당에 사람을 속였으니

당신이 오셔요

사는 것이 허사인 줄 아셨나요
어린 호평이 녀석이 난롯불에 데고
기죽은 닭장수 인걸이는 주사 늘어
숨쉬기 어려운 가슴을 치며 투기에
빠져버린 생계를 아직 끌고 다녀요
끝내 우리가 거들지 않은 공의는
허물어진 벽돌 더미로 길바닥에서 빤히
사람을 쳐다보며 피사체 되었어요
이런 사정으로 힘찬 노동이 손에 잡히지
않는다면 우리는 그저그저 부분이지요
청명한 날에도 눈발 날리는
창문을 닫아도 눈발 날리는
차가운 바람이 여기 불어요
지금 이 눈발 속으로 누가 오나요
사람들은 벌써 달팽이가 되었어요
우리가 이 거동으로 단단히 침묵할 때
거룩한 당신이 오셔요 눈발 흩어지며
당신이 오셔요 할미산 개지지풀 잡목으로도
오시되 다시는 개지지풀 잡목으로는 말고
조만간 하늘처럼 문을 열고 오셔요*

*「창세기」 28장 17절.

당신이 보셔요

한때라도 나의 일은 정녕 없습니다
내 눈과 손이 있어 따로 내 몫인 줄 알았으나
입에서 나온 말이 내 자신보다도 더 영리할 때
이 간격을 당장 우리의 말로 바꾸어야 합니다
당신이 지금 이곳에 계시지 않으면
나는 없습니다 우리는 서로 불화하므로
나는 없습니다 당신이 지금 이곳에 계시지 않으면
아무도 없습니다 당신이 지금 이곳에 계시지 않으면
아무것도 없습니다 슬픔도 기쁨도 침묵마저 죽음마저
헛된 반복일 뿐 제 옷을 입지 못한 그늘 아래
증오와 환멸이 가득찬 곳 나중까지 밤입니다
저것 좀 보셔요 우리 동네 밭두렁에 뽕나무 몇 그루
가
서 있습니다 담 모퉁이 각시풀도 자유롭게 자랍니다
이렇게 서로서로 북돋우며 살고 있는 부분을
당신이 보셔요 이렇게 서로서로 북돋우며
살고 있는 부분이 우리의 약점이 된 것을
당신이 보셔요 그만한 까닭에 우리는 끝으로
죽고 사는 것을 죽고 사는 것을 당신이 보셔요

주머니

우리들 옷에는 주머니가 달려 있다
손수건 만년필 주민등록증 따위
이런 물건을 주머니에 넣고 다니다가
일용할 양식을 주시면 받고
서로 공대하며 살아가는 이날이 좋아라
이 주머니 그러나 우리 옷을 파고들어
속마음에 붙으면 깨끗한 희망도
무엇무엇 담아야 할 주머니가 되므로
남산이 가볍고 충무로도 비좁아서
이 세상 모든 말을 불러다가
난도질도 하게 되니

아겔다마*

1

유다여 갱엿처럼 타락한 우리들의 아버지여
은전 서른 닢을 받고 하느님을 넘겨준 유다여
그 은전을 성소에 내동댕이치고 물러가서 스스로
목매달아 죽은 유다여 그 돈으로 옹기장이 밭을
사서 나그네의 묘지로 물려준 살점이 이 땅의
엉겅퀴 산기슭을 오르락내리락하면서도 보이는구나
이 유창한 도시에서 나쁜 자식이 된 우리가
말 더듬는 것을 참담하게 보아다오
어린 딸의 예쁜 옷과 목걸이를 위해서라면 몰라도
우리들의 막판을 죽음으로 덮어놓은 소형을
용서할 수 없구나 이 고요를 용서할 수 없구나
보아다오 나를 버리기 위한 싸움이었다면
은전 서른 닢을 지니고 우리들은 어디로 다시 달아나
겠느냐
유다여 당초에 하느님의 용태를 바라보던 눈으로
보아다오 서른 닢으로도 받들기 어려운 육신이었던가
보아다오 서른 닢으로도 받들기 어려운 하늘이었던가
이 땅 위 배를 깔고 나뒹구는 돌들이 피를
흘린다 돌보다도 차가운 고독한 하루하루

유다여 동서남북 헤아리는 차별이 무너졌구나
그러나 유다여 동서남북 뿌리치고 한치 앞이
어두운 지성소를 따돌리고 보아다오
우리들이 피를 쏟는 이 밭머리를 밭머리를

2

여주 이천 담양 상주 강릉에 살아도
산과 들과 바다와 길이 바람에 섞이며
아무런 문제 없이 그렇게 당당한 옷을 입혀
우리를 쇠뜨기 개비름 밑천으로 깔아두지만
하늘 아래 막막한 무한은 이곳을 아네
아이스크림을 먹으려고 한데 뭉친 당원들은
진실이 하나라는 말 따위도 얼마나 썰렁하며
삭은니 이빨 사이에 낀 콩나물 가닥 같네
기죽여 민심을 조작하는 세도장군 휘하에서
하느님을 팔아 세상을 자꾸 속이던 대가로
간신히 혼자 얼굴 쓸어안고 가슴을 쥐어뜯는
눈물 한 접시 혹은 눈다래끼 더운 목젖
내가 폭삭 내 원수 되고 마는 일이네
그러나 그러나 이런 배반으로 우리가 죽기 전에

당원들의 구차한 설득을 가로막는 세월 맞아
본심이 본래 내 것 될 때까지 더 울어야겠네
건너편 돌멩이가 돌멩이가 되도록 울어야겠네

3

하느님이 저렇게 혼자 지내시는 것은
우리 발짝 소리가 근거 없는 탓이다
수많은 길 만든 후 그것도 막막하여
서른셋 마흔이 넘어도 붙잡은 것 없이
달빛처럼 다니다가 마주친 얼굴을 보자
팽나무 번대고 서 있는 힘이여
소금쟁이 물 위에 떠서 흘러가는 힘이여
우리에게 이만한 하늘은 어디 가고
구두를 갖기 위해 영혼을 팔았으니**
이 흔적 솟구치는 피를 어찌 잡을꼬

4

우리들이 말을 넘겨버린 후
네 말과 내 말은 갈라지고
늠름하던 그분도 불시에 늙었다

우리들은 스스로 자신에게 어긋나서
집회와 총회에 바삐 가서도
솜털 같은 선전에 오금을 처박고
날마다 악에 젖은 덕담을 들었다
이 땅을 뒤덮은 안개야 딱정벌레야
밤중에 너희들 날아와 목을 감는구나
입에서 빠져나와 목을 감는구나
손에도 묻는구나 만지는 물건마다
모습을 바꾸며 반란하는구나
안개야, 딱정벌레야 너희들 물것이
함부로 우리를 물어뜯을 때
청명하던 오늘이 금방 저문다
친구여 유다여 그날 흘린 피로
마지막 남은 말을 끌어내렸으면
우리들은 어떤 말을 골라 서까래 얹고
또다시 맑은 하늘을 세우겠느냐

                              5
그분은 먼지와 잡념에 파묻혔다
그분은 먼지와 잡념을 털어냈다

그분은 참외를 좋아하고 얼른 드셨다
그분은 수박을 좋아하고 얼른 드셨다
낚시를 드리워 물고기 코를 건지지 않았고
언덕에 오른 뒤 낮은 곳을 버리지 않았다
하늘보다도 알기 어려운 우리를 바라보고***
그분은 아무것도 되지 않을 눈치를 보이셨다

* '피의 밭'이란 뜻. 「마태복음」 27장 3~10절.
** 보들레르.
*** 『莊子』列禦寇.

120

생 일

지나온 나무는 크더라
느티나무 소나무 물싸리까지도
얼빠진 나무는 없더라
제자리에 우렁차게 서 있더라
쓰러져서 가장 넓은 땅이 되어
물러난 그 자리에 나무 있더라
이미 가진 것을 내놓고
새로 갖지도 않으며
줄기줄기 빛이 쏟아지는 오늘은
그러므로 작은 나무 생일이다
복만아 칠성아 너희를 오늘
내 생일 잔치에 초대하마
너희가 어찌 지나온 나무만하랴
이 자리에 서 있는 나무만하랴
너희가 오늘을 만들 차례 아니냐
복만아 칠성아 너희가 쿵 오늘 아니냐

저녁 바람

이 동네에서 살다가 마음을 잃어버린
우리들은 서로 인사할 줄 모르고 험담하며
벌레들이 문 손목 발등을 꼭꼭 집어내어
물파스 바르고 문지르며
정작 만나야 할 땅의 온갖 영혼들을
외면하고 바람 소리만 품안에 담았다

여름이 가기 전에 이 졸참나무들의
번잡한 털과 입술이 퍼뜨린 함성을
진정시키며 우리들은 선악을 깨닫게 되었지만
그때까지 머리 위에 떠 있는 검정 하늘과
목뼈 등줄기를 뻣뻣하게 짓누르는 힘이
왜 우리 동네를 점거하고 있는지 알지 못했다

우선 사람들은 먹고 살아야 하므로
관대했고 조급하게 넋을 팔아 죽은 고기와
고사리를 마련하여 조상을 섬겼으나
이 은덕 큰 산을 삼고도 그르치는 일 나왔다
저 달 보아라 그 한 점이 야밤으로 가득한데도
우리끼리 담 높이고 딴 물 쓰며 철렁 문 걸었으니!

나라는 언뜻 소백산 너머 풍기땅쯤이고
동구 밖 비좁은 다리를 건너온 저녁 바람에게
까탈을 부려 간신히 붙잡은 표적이란 것도
청년회 상임 부회장 자리를 놓고 팽팽히 맞선
금력 보짱 언변 따위 그 나머지는 아무것도
재촉할 것 없이 단단히 기후만 남았다

참 깨

우리들은 거나하게 소주를 마셨다
아직도 소 혓바닥 같은 아집에 사로잡혀
제 몫이 무엇인지 모르고 알딸딸
지껄였다 박정한 세상이라고

영규 태수 민태 자네들도 옷 갈아입었군
자고로 내왕이 드문 곳에 핀 들국화 모양으로는
아무도 출세한 적 없으니 그럴 테지 점산이
자넨 홍은동에서 제일교회를 담임한다고?

이 나라 돌아다녀보면 참깨밭보다도
암자가 많고 비석이 많고 교회도 많다
참깨가 자라는 일 놓아두고
부리나케 절골로 올라가는 정노 할머니

점산이 자네에게 할 말 있네 이곳에서
상고 이스라엘 역사 열왕기를 손대어 무엇에 쓰나?
영규네 자네들에게도 할 말 있네 자신에게
진정 출세하는 일이 무슨 길인가?

입성은 이것저것 바꾸어 입어도 좋네
참깨밭을 지나며 아묵아묵 참깨를 깨물게
우리가 어느 산판 들녘 도시에서 생겼다고
이 좋은 물 애기똥풀을 헛것으로 바꾸겠는가

요 순

후손을 믿지 못하던 그들과
역사를 믿지 못하던 그들은
천장에 거꾸로 매달린 채
아직 멀리 가버리지 않았다
그들은 하늘을 지나가지 못하고
한번도 하늘에 파묻히지 못하고
사람들의 발길질에 나뒹굴어
물뱀에게 콧잔등을 찢기고
은하수에 발바닥을 뜯기며
울부짖었다 삼베옷을 입혀다오*
국민들은 이제 그들의 생존을
참을 수 없는 환멸로 바라보았다
전쟁을 막으려고 무기를 만든
그들의 공적과 행정 구역은
물 속에서 반짝이는 오리온자리**
하늘에 총총 박혀 있는 자유와
귀뚜라미 풀밭에 번진 평등을
독점하며 전횡하며 칼날로 베던
골짜구니 그들의 눈꺼풀 속으로
물까치 날아와 슬피 울어도

이 수난은 물러나지 않았다
국민이 그들을 간압할 때 비로소
만 갈래 상처입은 영혼이 돌아와
시금치 아욱이 부르면 밥상머리에
죽은 자가 부르면 무덤가에
사람이 사람답게 사는 향기대로
읍내를 만들고 나라를 세웠으니
벌새가 한 번만 건드려도
천국과 지옥은 나란히 흔들렸다

* 殘布로 묶는 일.
** 바다의 신 포세이돈의 아들인 오리온은 거인이어서 바다에
   들어가도 물이 그의 어깨밖에 닿지 않았다. 그가 여신 아르
   테미스와 사랑에 빠지자 여신의 쌍둥이 오라비 아폴론이 거
   대한 전갈을 보내어 그의 목숨을 빼앗음. 일설에는 새벽의
   여신 에오스가 오리온을 사랑하게 되자 그 일을 노여워한 아
   르테미스가 해쳤다고도 함. 그리스의 시인 호메로스 시대부
   터 그는 성좌의 자리에 오름.

불 빛

친구여 노래하라
개비름 둔덕의 선들바람과
식구들을 등에 짊어진 녹두꽃과
혼자 가지 않아도
먼저 갇히는 고독
친구여 노래하라
이 밤을 휘감은 포도 덩굴과
아무것도 서로 줄 것이 없는 시각에
달려온 햇빛
작은 부분은 어디든지 없는 것을
친구여 노래하라
죽은 자가 생존자의 편에서
조직을 강화하여 돌려준
생기와 너그러운 숙명
잠에서 일어난 이웃들의
깨끗한 슬픔으로
가벼운 껍질은 어디든지 없는 것을
노래하라 혼돈을 만들던 힘이
제자리를 얻어 자라난 영혼
물방울과 국토와 하늘까지

한몸을 이룬 방향
머나먼 간격은 어디든지 없는 것을
친구여 노래하라
후손들이 가야 할 길이 지금
가파른 벼랑을 건너온 불빛인 것을

태 풍

팔월이 끝날 무렵 우리나라
한반도에 올라온 태풍아
제주도를 치고 광양만을 건너
해남 부여 원주에 와서
바다와 내륙을 뒤흔든 손끝으로
치악산 도라지를 분지르고
겨우 잠든 태풍아
오늘 우리가 만난 진실이
어찌 한 가닥 자존심 따위겠느냐
가옥 완파 선박 침몰 송전탑 도괴
잠수교 통행 금지 30여 명 사망 실종
완도읍 선착장이 유실되었다
농민들은 침수된 논밭의 물을 빼고
쓰러진 벼를 묶어 세우며
병충해 방제 작업에 나서고 있다
참으로 가시덤불 같은 태풍아
불쑥 수백 리를 다니면서
이렇게 건조한 날도 보았느냐
우리가 이 생애를 소비하는 눈으로는
산허리 달맞이꽃도 아득한데

근본을 숨겨둔 이 길 저 길
다 보고 나서 무슨 고요를 품었느냐
태풍아 먹바위 한번 굴려보아라
우리나라 한반도에 건너온 참에
먹바위 한번 굴려보아라
우리들의 발부리 정수리 백년 천년
여기 박힌 먹바위 굴려보아라

소 도*

죄지은 우리에게 소도는 어디인가
절망한 우리에게 소도는 어디인가
쫓기는 우리에게 소도는 어디인가

좁은 길로 달려온 숨찬 친구야
소백산 지리산이 혹은 소도 아니냐
풍세면 남관리가 혹은 소도 아니냐

소도는 이곳이다 고령 함양 사천
소도는 이곳이다 순창 구례 진안
소도는 이곳이다 여주 음성 파주

이것은 죄지은 너희들 이뻐서가 아니라
저렇게 깨끗이 남아 있는 거룩한 천하를
무슨무슨 죄목으로 물들일 수 없는 까닭이며

아니아니 그런 것이 아니라 죄지은 너희들
불쌍히 여겨 살려놓고 보자는 마음 하나
저 산줄기와 이 물줄기가 소도임을 알아라

* 치외법권의 성역: 아무리 죽을죄를 진 사람이라도 이 蘇塗로 피신하면 그냥 내버려두었던 우리나라 종교 의식의 높은 자취였음.

녹 두

우리는 꽃핀 것을 함께 보았다
새소리와 물소리를 함께 들었다
아무데도 터진 데 없이
아무데도 막힌 데 없이
그러니까 이것들은 수상하지 않았다

두어 번 눈만 들어도 우리는 다 알았다
하느님 부처님 신령님이 계신 곳을
오늘 우리가 걷는 광덕산 골짜구니 가시덤불 속
썩지 않는 비닐 조각 저놈들 난공불락이
깊이깊이 우리 생활 속에서 펄럭일 때

하느님 부처님 신령님은 어디로 가고
너 말야 이 쌔끼 앞뒤 잘 보란 말야*
제멋대로 흘러가는 천하와는 다르게
늙은 부부는 산달밭에서 녹두를 꺾었고
우리는 건너편 젓나무 잣나무 이름을 불렀다

이 이름 부르다가 딴 침묵 만났다
집 나간 툇마루 먼지 위에 앉아서

우리는 20년이 지난 이야기를 주고받았다
이 집 주인은 날 보고 귀인이 왔다고 그랬지
그런데 이 집 주인 지금은 어디 가서 살까

* 라오서 지음, 최영애 옮김, 김용옥 풀음, 『투어투어 시앙쯔』.

화강암

화강암은 언제나 뚜껑이었다
가슴 깊이 묻어둔 불과
저기 너무도 징그러운 지표를
따로따로 격리시키는 불굴의 힘
안으로는 어둡게 침전하며
밖으로는 범접할 수 없는 허공을 묶어
모든 살아 있는 것들을 한꺼번에 덮는다
비로소 우리가 갇힌 바를 알게 되자
우리를 부르는 소리에 문을 열고
친구들과 유적과 겨울밤과 마주서서
속삭인다 너희들은 거기 있었구나
마음이 슬픔인 것을 어질러놓은
고뇌와 만용에게 침묵을 가르치며
철딱서니 없이 기뻐하던 나날의
직관마저 반납하고 이제 겨우
진실을 허공에 묻을 때
화강암은 언제나 그 뚜껑이었다

몽달귀신

하느님이 들어와서 이 하느님과 어울리고
부처님이 들어와서 이 부처님과 어울리고
신령님이 들어와서 이 신령님과 어울리고
영원에게 손 흔들어 제자리를 찾아주며
우리 마음 물꼬처럼 탁 뚫어놓았느냐
보아라 너희는 권세를 섬기는구나
보아라 너희는 재물을 섬기는구나
보아라 너희는 이름을 섬기는구나
보아라 너희는 독단을 섬기는구나
보아라 너희는 폭력을 섬기는구나
보아라 너희는 굴종을 섬기는구나
보아라 너희는 죽음을 섬기는구나
이와 같은 몸집 밖에 하느님이 죽어서
몽달귀신 간신히 들녘에 깔렸구나
참새피 갯강아지 기름새 물달개비
비비추 애기나리 명아주 꽃패랭이
나문재 가시여뀌 낭아초 참양지꽃
갈사초 대사초 화살사초 범부채
아질풀 토끼풀 독새풀 자귀풀
노루오줌 복주머니 지장보살 풀싸리

별과 달과 물소리를 고작 불러
작은 마을 세우고 촌장을 뽑고
다소곳이 사는 이치 퍼뜨려도
이 순리로는 우리가 하늘소의 자식이며
이 세월로는 우리가 돌무덤의 자식이며
이 해탈로는 우리가 밤안개의 자식이며
이 얼굴로는 우리가 진굴형의 자식이며
이 명줄로는 우리가 먹바위의 자식이며
기어이 산마루로 해 떨어진 다음
이 산마루로 다시 오는 새벽이 있구나
찬 서리 밟고 오는 새벽이 있구나
들어라 잔디 뱀풀 수영 붓꽃 좀딸기야
칠백 년 서 있는 은행나무가
일만 년 은행잎을 흔들고 있구나
이 산줄기 나뭇잎을 다 흔들고 있구나
우리들이 무슨 일을 하기 위해서는
불가능한 일까지 마저 해내야 한다
눈부신 아침이 혼자 온다고
품안에 우주를 지니는 참선 따위
퍼내지 말아라 달라붙지 말아라

국 한 사발 마시고 숨구멍을 열어라
국 한 사발 마시고 담벼락을 뜯어라
국 한 사발 마시고 저녁산을 옮겨라
국 한 사발 마시고 발해만을 저어라
국 한 사발 마시고 천지공사 세워라
국 한 사발 마시고 종이란 종 다 쳐서
땅을 울리고 미명을 깨뜨려
먼데서 보아도 우리는 하나며
깊은 시간 허공일수록 찍어서
만년도 하루 만에 나라를 삼는
만방에서 보아도 나라를 삼는
한 물레 잣는 실이 끊어진 데 있느냐
장가못든 총각죽어 몽달귀신 되었구나
시집못간 처녀죽어 동굴귀신 되었구나
농사못진 농부죽어 또랑귀신 되었구나
장사못한 상인죽어 포장귀신 되었구나
공부못한 학생죽어 마당귀신 되었구나
연구못한 선비죽어 서당귀신 되었구나
기도못한 사제죽어 염주귀신 되었구나
환한 것을 꺼리고 어둔 것을 좋아하고

강한 것을 꺼리고 약한 것을 좋아하고
성한 것을 꺼리고 썩은 것을 좋아하고
신선한 것 꺼리고 탁한 것을 좋아하고
건전한 것 꺼리고 쇠퇴한 것 좋아하고
비바람 번개 우물 호수 언덕 헛간 바위틈에
무릇 양기 좋은 것들을 모조리 대어놓고
천궁을 지어라 사람 사는 천궁
佛氏慈悲之革 儒氏心跡之革
仙氏道器之革 老氏無爲之革
耶氏眞理之革 桓氏國弓之革
茶山實利之革 甑山神人之革
人是天而待天主之革 寒山梅月乞食之革
세상이 자기 모습 드러내보여도
빛을 쪼갠 사람들 나누어갖고
어둔 골목 참나무 껍질이 영혼을 눌러
밤딱따구리 모이로 겨우 숨긴 것을
이 마을 저 마을 시루 속에 쪄서
이젠 만나는 사람마다 꺼내어주어라
다시금 너희가 생명을 받드는구나
다시금 너희가 공의를 받드는구나

다시금 너희가 자유를 받드는구나
다시금 너희가 민족을 받드는구나
다시금 너희가 역사를 받드는구나
엘리 엘리 레마 사박타니 레마 사박타니*
아제 아제 바라아제 바라승아제**

    *「마태복음」 27장 46절.
    **『般若波羅密多心經』.

참미나리밭

움메 움메 움메

천하를 쳐다보고 소가 말한다
하룻밤 애깃거리 그냥 두고
들판에서 가져온 풀을 물고
소가 말한다, 사람들아
내 그림자를 보아라 보아라

실개천 또랑을 건너다니며
먼 산을 바라보던 내 큰 눈으로
사람이 살아야 할 하늘 보았다

천만이 아버지 아들을 낳고
아들은 또 아들을 낳아 기르며
몸을 남겨주고 일을 남겨주었다

온동네 삼동네 일꾼들이 일어나
처마 밑 썩은새 쇠똥을 치우며
내 살과 목뼈와 밥물을 녹여
뼈마디로 이로운 나라 세웠다

닭과 오리와 돼지와 토끼와 꿩
한 울타리 안에서 사는 법 보고
기술보다도 먼저 일어난 사람들은
아무도 놀지 않는다 팽팽 놀지 않는다

움메 움메 움메

참미나리밭 새벽이 되어
이제는 닭도 그렇게 운다
돼지도 오리도 그렇게 운다
토끼도 꿩도 그렇게 운다
군더더기 잡담을 버리고 나면
논으로 밭으로 두엄으로 간다

그 말인즉 참말이다
하늘보다도 넓은 일을 두고
그 일복 부지런히 감아쥐고
마파람 땡볕 진눈깨비 이기며
삼남 경기 충청 강원에서 사는
우리가 단군 할아버지 자식이다

坤 乾

고구려 백제 신라 고려 조선
물 마시고 살아온 우리는 누구인가

김씨와 왕씨와 이씨로 내려오며
김부식은 삼국사기를 써서 가르치고
김견명은 삼국유사를 써서 가르치고
김시습은 소설을 써서 가르치고
김병연은 시를 지어 가르치고
육당과 춘원은 선언서를 써 가르쳤지만

천하는 겨우 가문을 이어온 것으로 남아
저마다 이 신분을 올바른 길이라 여기면서
끊임없이 성채를 쌓고 도랑을 판다*

그러나 하늘과 땅이 대동인 것처럼
우리가 한몸으로 대동이 되려면
지금은 갓난아이를 쳐다보면 안다
무엇이든 어떤 힘도 시드는 것을
무엇이든 어떤 옷도 남루한 것을

증거를 넉넉하게 댈 것도 없이
곤건을 쳐다보면 안다
나라보다도 먼저 곤건이 있으니
들쥐들을 보아도 몸이 있으니**
엎드려 엎드려 산 채로 엎드려
곤건이 된 몸으로 나라 된 우리

* 天下爲家, 大人世及以爲禮, 城郭溝池以爲固(『禮記』 第 9篇,
  禮運).
** 相鼠有體(같은 책).

여 우

내 동생은 시골에서 여우를 키운다
동굴에서 빠져나온 여우를 키운다
사람을 속이고 세상을 속이던 여우는
자기 자신마저 속이는 짐승이라고 하지만
그렇지 않다 사람이 사람을 속이는 방법보다는
그래도 어리숙하며 선량하며 순박하며
말하자면 큰 자리를 그냥 남겨두고 속인다
말하자면 밑구멍까지 빼어 속이는 법 없다

좋다, 내 옷을 벗어 네 몸에 입혀주마
내 털구멍을 뽑아 네 털구멍에 꽂아주마
좋다, 한평생 사는 일이 내 몸 주는 일이라면
이 세상 어디에서 네 것 내 것을 구별하랴
찬바람이 불어오는 날 내 옷 입어라
좋다, 구름이 낀 날 내 옷 입어라

내 동생은 시골에서 여우를 키운다
비 오는 날 눈 오는 날 여우를 키운다
목구멍으로 밥풀 떠넣고 여우를 키운다
3년 후 오늘 우리집에 와서 하는 말이

성님 우리 동네엔 이제 여우 같은 사람 없어요
그 말 들으니 참 좋다 좋아

네 옷 내 옷이 따로 없나니
지금은 여우를 키우기에 적당한 때
그런 여우털을 가지고 입성 두르면
없나니 없나니 털이 근본이 아니라
참으로 보는 눈이 근본이어서
한쪽이 다른 모든 쪽이나니

기러기

저 새가 안으로 날아옵니다
올겨울 기러기가 안으로 날아옵니다
어머니가 안고 시집오신 날부터
어머니 품에서 태어난 기러기는
노상 우리 곁으로 날아옵니다
뒤로 처진 것은 새가 아닙니다
물론 지나가는 것은 새가 아닙니다
둥둥 떠다니는 것은 또 새가 아닙니다
안으로 안으로 날아오면서
숨찬 벼랑마다 치솟아올라
만나는 일 끝 하늘로 섬기는
허구한 날 오늘오늘
이때야말로 백년 기다림도 기러기입니다

꽈 리

세상에는 좋은 말 없습니다
사람의 말이면 그게 믿음인 것을
끊고 끊고 끊고
무슨 말을 고쳐 말하겠습니까
바람이 불면 말을 끊으세요
바람이 불면 말을 이으세요
어떤 허무도 묻지 않게 말하세요
암흑에 닿지 않게 말하세요
세상에는 좋은 말 없습니다
배 타고 강 건너 가려거든
염소 눈을 떼고 염소 귀 떼고
누구든지 강 건너 가려거든
그냥 말하세요 물방울처럼 말하세요
일년 십년 여기 함께 살면서
강 건너가는 말 있습니다
꽈리꽃이 활짝 피었습니다

감 응

우리는 서로 사랑할 자유가 있듯이
서로 미워할 자유도 있다
이 미움 끝에 해가 떨어지고
쟁반이 깨지면
환한 겨울꽃은커녕
호두나무 위에 먼 별도 걸리지 않는다

젖지 않고 떨어질 줄 모르다가
마침내 방향을 놓치면
우리 발등을 깨무는 들쥐들과
이번엔 눈먼 귀신들을 맞이해야 한다

도꼬마리 빈 대궁
내게도 허리를 굽혀라
더 가벼운 참새 깃털
내게도 허리를 굽혀라
뽕나무 밭에서 놀다가
가장 가벼운 바람으로 돌아온
내게도 허리를 굽혀라

그리고 땅속에 들어가서
벌레처럼 숨을 쉬지 않고
겨울을 나야 한다

허공을 관찰한 후
우리가 서로 사랑하는 시간에는
아산만에 숨은 신기루와
위례산 굽은 나뭇가지도 일어난다

우리가 이 나무를 본받는 동안
허공아, 너는 부채를 들고 오너라
남북아, 너는 큰북을 치며 오너라
오늘은 아무도 미워할 수 없는 시간이다

숨바꼭질

장독 뒤에 숨어서
얼굴 파묻고
날 찾아보아요
마루 밑에 숨어서
얼굴 파묻고
날 찾아보아요
짚동 속에 숨어서
얼굴 파묻고
날 찾아보아요
아홉에는 이런 숨바꼭질했다

공자가 이르기를 너 어디 있느냐
석가가 이르기를 너 어디 있느냐
스물에는 이런 숨바꼭질했다

이것은 옳은 것이다
이것은 좋은 것이다
서른에는 이런 숨바꼭질했다

하나는 열이구나

열은 하나로구나
또 둘이오 셋이오 넷이오
마흔에는 이런 숨바꼭질했다

숨은 나를 꼭꼭 찾아내어
햇볕 아래 세워두고
이젠 당신이 서둘러 숨는군요?

법

납처럼 틀에 부은 납처럼
살아 남기 위하여
우리는 법을 세웠다

사실 이상으로 눈을 뜬 후
물처럼 흐르는 물처럼 살아온 길 보고
우리는 법을 다시 세웠다

너무 많은 법이 우리를 어둡게 하자
어거지로 해를 끌어당기고
눈물을 뿌리며 이 길 또 가도
당신은 잠잠히 우리를 바라볼 뿐

그렇구나, 풋과일 한 가쟁이 익기 전에
우리는 법을 쪼개어
당신의 옷을 찢어놓았구나

바 다

바다에 와서 무슨 말을 하는 자는
거짓말쟁이다 노루 한 마리가 숲속을
달려가는 것도 아니고 정원에서 놀고 있는
햇빛들도 아닌 이 방탕한 바다에서
파스칼을 말할 필요는 없다 밀폐된
유체의 일부에 압력을 가하면, 압력은
유체 속 모든 곳에 같은 크기로 전달된다*
바다여, 너만한 압력으로 달려오는 바다여!

* 파스칼(Blaise Pascal: 1623~1662)의 원리.

자 리

꽃이 피는 것을 보고
나는 거짓말을 했습니다
새가 우는 것을 보고
나는 거짓말을 했습니다
구름이 흐르는 것을 보고
나는 거짓말을 했습니다

새와 꽃과 구름과
찬찬히 친할 생각을 못 하고
참으로 무엄하게 무엄하게
이런 것을 바깥에 두고
나는 거짓말을 했습니다

사랑 따위를 사사로이 속삭이며
명분으로 입술에는 공의를 처발라
낯을 가리고 구렁이처럼 몸을 틀어
나는 거짓말을 했습니다

비바람 번개도 바르게 칩니다
정직한 사람만이 천둥 소리 듣고

검불 한 오라기 그 자리가 차 있음을
제대로 쳐다보며 살아갑니다

그런데도 나는 거짓말을 했습니다
여태까지 나는 한번도 내가 아닙니다
비바람 번개의 자리를 모르다가
나는 한번도 내가 되지 못했습니다

그렇습니다 거짓말을 버리고
비로소 간신히 내가 될 때까지
기다릴 것이 아닙니다
이 거짓말을 풀기 위해서
나는 참말로 내가 될 필요 없습니다
그 동안 쓸데없는 나를 지워야 할
이 자리만 남아 있을 뿐입니다

새

뿌리는 솟아올랐다
작년에 떨어진 잎새들은
땅에 묻히고 말 일
오늘 있는 것들이 여기 머무는 동안
거룩함을 잃고 큰 결함을 보여도
새로운 감각으로 태어날 때까지는
짓밟지 마라 이 사람들
슬픔에 차 있는 이 노래, 꿈이로다
영혼보다 더 무서운 일들, 꿈이로다
소멸은 필요한 것, 제자리를 떠나
지금은 천상이 된 얼굴들이
함께 슬퍼하는 눈빛을 주며
티없는 약속으로 올 때
달리 무엇을 고대할까?
눈으로는 이제 보이지 않고
이 가슴으로 떠오른 빛
참나무 줄기, 새 앉아라
무궁의 새여, 앉아라
깨진 접시에도 가득찬 물
완성의 물 위로 솟아올라

참나무 줄기 잎새 되었다
새 앉아라, 아무 한도 없는 새여

미꾸라지

미꾸라지 한 마리를 잡아야겠다
풍세면 냇가에 나서서
논어 불경 열두 장 뜯어내고
진흙 속 젖은 구멍에 지켜 서서
미꾸라지 한 마리를 잡아야겠다
빨간 불 같은 푸른 물 같은
미끄러운 힘줄 힘껏 옥죄어도
쏙쏙 빠지는 미꾸라지 한 마리를
잡아야겠다 쓰레기 타는 연기냐?

개 방

더 이상 아무것도 바랄 것 없다
모든 욕망을 한꺼번에 덜어낼 수도
채울 수도 없는 우리들의 한계를
그것만을 당신이 주신 까닭에
아침에는 우리가 호미 되고
펼치는 대로 멍석 되고 나팔 되고
성스러운 플라톤 공화국 백성이 되어
혹은 근본으로 돌아와 남과 섞이며,
이런 개방이 먼저라면
나무 있고 짐승 있고 별자리 뜬
어디든지 넓은 천지 당신이여!
축복하라, 별안간 이름을 잊은 이 벽까지
축복하라, 오늘 부는 봄바람 이 작은 개방을

天 宮

오늘은 천궁 속에서
힘차게 놀자 일만아
말 따위 슬픔 따위
까치밥으로 놓아주고
천궁에서 쿵쿵 몸으로 살자
어디라고 천궁이 천상이겠느냐
부지깽이 빽빽한 극락이겠느냐
어디로 흘러가는 동안 이곳은
물 위도 아니며 한참도 아니구나
마음이 닫힌 동안 이곳은
천궁 아니구나 상실도 아니구나
한걸음으로 마주치는 일만아
내일 모레까지 글피까지
소홀한 것들이 이 땅에 있느냐
유한한 것들이 비뚤어진 것들이
발목을 잡은 천궁도 있느냐
그게 아니구나 일만아
네가 열은 눈썰미를 보자
동서남북 다 보는 눈썰미를 보자
수수꽃다리 노루오줌 틀린 몸 아니다

오늘 한걸음으로 마주치는 일만아
수수꽃다리 노루오줌 다 가지고 놀자
관동에 해 돋으면 관서가 일어나는
오늘은 천궁 속에서 힘차게 놀자

소멸에게

모든 소멸하는 것들에게 묻노라
너희는 소멸에게 머리를 수그리고
아름다운가? 너희와 연관된 죽음은
이 자리를 다시 채우기 위해
묵묵할 것이며 완벽할 것이며
딱정벌레처럼 천연한 얼굴로
깊은 허무에게 봉사하는구나
소멸하는 것들에게 또한 묻노라
너희는 천상을 향하여 머리를 들고도
부끄러운가? 지상에 남아 있는
이 일 저 일 반복되는 비탄을
빛으로 붙잡으며 헹구며
오늘 무기력한 도덕에게도
깊은 소망에게도 봉사하는구나
그러니 소멸하는 것들에게 묻노라
너희가 끌고 다니는 감성의
하찮은 판단, 서운한 종말이
법도에도 없는 눈물일지라도
더욱 생생할 것이며 무한할 것이며
작은 척도처럼 천진한 얼굴로

또한 전체에게도 봉사하는구나
소멸하는 것들에게 다시 묻노라
총총히 깔린 저 별들의 반짝거림이
마음에 와 닿아 거듭 새로우며
길바닥 한 조각 휴지의 너펄거림이
마음에 와 닿아 거듭 무거우니
세상이 잘되는 소멸을 위하여
쉬지 않고 일하는 사람들은
죄 없는 파멸을 데려와서
활발한 불충분에게 봉사하는구나
그러니 소멸하는 것들에게 다시 묻노라
우리가 이 마당에 함께 서서
이 뜨거운 모국어를 가득 품고 있는 것은
소멸의 자리에 박힌 파편을 뽑고
교만한 절대 행위 저 발바닥에
우리가 이번에는 못을 치는 일 아니냐

민들레

오, 여기 민들레 있었구나
아직도 남아 있었구나
꽃도 아닌 것들이 쇠똥 같은 것들이
하늘 같은 얼굴로 만방에 퍼졌구나
그러나 오, 이게 무슨 몸이냐?
그냥 있지 못하고 눈부시구나
별수없는 민들레야 눈부시구나
땅바닥에 달라붙어 빛을 잃은 후
이제야 빛을 이룬 민들레 되었구나
오늘 한번 일망지하로 폭언하는구나

  * 漢方에서는 이 민들레를 蒲公英이라고 하여 發汗 · 解熱 · 健
  胃 · 利尿 · 강장 및 催乳劑로 사용한다(『東醫寶鑑』).

모 기
—— 황지우에게

당신은 나야*
이렇게 말하는 사람은
당장에 위험하다
대기 오염을 탓하기 전
정신이 먼저 죽어
당신은 무용지물
덜컥 당신은 내 상상에 갇히므로

나는 당신이야**
이렇게 말하는 사람은
끝끝내 아름답다
이 숭고한 고백을 통하여
모든 혼란은 멈추고
밤모기 천 마리 살갗을 물어도
찰싹찰싹 때려주면 그뿐이니까

  * 도스토예프스키, 『카라마조프가의 형제들』 중 악마의 말.
 ** 황지우 시집, 『나는 너다』.

죽음에게

저 죽음이
홀로 외롭게 가는 동안
이곳은 뜨겁네

당신을 쳐다보며
이곳은 가득하네

무거운 짐 등판에 지고
언제 우리는 홀로였던가

당신이 우리를 부르고 있네
우리가 당신을 부르고 있네
활활 꽃가마 타오르고 있네

만날 때 헤어질 때
유달리 우리를 나누겠는가?
딴 곳에 우리를 가두겠는가?
더 멀리 우리를 버리겠는가?

춤추자 춤추자

저 불까지 태우며 춤추자
저 불마저 태우며 춤추자

소유권

우리들은 왜 결단을 못 하는가?
추상만을 허락한 시대에는
지루함으로 몸을 망친 영혼들이
무엇이거나 경멸하며 비난하며
이웃들의 얼굴마저 상징으로 바라본다
여기서 하는 말은 언제나 사실 이상이며
나무들은 땅에 발을 붙이고
웃자랐거나 너무 늦게 자라
기어이 다시금 고귀하게 서야 한다
이 상징을 품에 가득 안고 있는 동안
우리들은 편협한 생각을 버린 대신
조국 소백산을 놓쳤다 이런 풍문이
지금 떠도는 걸 들었느냐? 그 사람도
땅을 샀대! 숭고한 품위를 전담하려고
땅을 샀대! 오, 우리들의 소유권은
상징일 뿐! 동진강 물빛 마른 바닥이

九 天

죽음이 눈앞에 있거늘
얼마나 많은 사람에게
내가 죄지었나!
강경에 와서 보니까
너른 들판 있구나
강물 있구나
이것으로 우리 몸을 삼아
九天에 이르자
숨결 푸르게 푸르게

〈해 설〉

생명에 대한 사랑의 목소리

홍 정 선

1 안수환의 시는 문득 필자에게 폴 틸리히의 존재로서의 하느님 문제를 생각나게 한다. 틸리히에게 있어 하느님은 의미의 근거이고, 존재의 지반이며, 자유와 운명 그 자체이다. 하느님은 이 세상에 숱하게 널려 있는 존재하는 모든 것 그 자체인 것이다. 하느님을 부정하는 것들 속에는 부정의 능력으로서, 찬양하는 것들 속에는 찬양의 능력으로서 하느님은 살아 있다. 그래서 우리가 마치 지구의 중력 속에 살고 있으면서 그것을 자각하지 못하는 것처럼, 하느님은 모든 존재 속에 너무나 자연스럽게 들어 있어서 자각하지 못하며 산다.

안수환은 사소한 존재들을 들어서 우리 인간의 삶에 비판적 질문을 던진다. '안개' '아지랑이' '바람' '안개꽃' '방울꽃' 등이 바로 그것들이다. 이러한 자연 현상, 혹은 자연적 질서를 통해 인간들의 삶을 다시금 되돌아

172

보는 그의 방법이 성경의 비유에서 온 것인지, 틸리히적인 신학적 이론에서 온 것인지 필자는 속단할 수 없다. 그러나 분명한 것은 그가 그런 것들 속에서 하느님이 부여한 질서·사랑·평화 등의 의미를 읽어내고 있다는 점이다. 예컨대,「방울꽃 한 짐을」이란 시를 보자.

　　새벽마다 일어나는 신계리 언덕의 안개꽃은
　　서로 이마를 붙이고 눈 주는 동포인 것을
　　이렇게 하느님이 만드신 알맞은 평화로
　　우리들이 입었던 입성 오만한 용모를 거두고 나면
　　보시오 신계리 남씨 홍씨 구씨
　　누구나 방울꽃 안개꽃 한 짐을 지고 있는 것 아니오

　틸리히에 의하면 하늘·바람·별·나무·꽃, 그리고 우리들 자신에 이르기까지 존재하는 모든 것은 구체적인 현실성으로 그것들이 존재하고 있음을 일깨워준다. 그것들은 모두 놀라운 힘으로 자신들의 특성을 발휘하며 실체를 드러낸다. 그것들은 시간과 공간을 질서 있게 차지하면서, 그리고 일정한 인과 관계의 흐름을 가지면서 존재의 의미를 드러내보인다. 틸리히의 이 같은 생각은 유일신 하느님을 절대적인 인격체로 설정해온 유럽 신학적인 입장에서 본다면 비정통적 입장임에 틀림없다. 그러나 그의 이 같은 입장은 범신론적인 발상을 가지고 있는 우리들에겐 오히려 매력적으로 느껴진다.
　안수환의 위의 시는 '안개꽃' '방울꽃'과 같은 사소한 존재를 통해 하느님이 부연한 공존공생의 숙명성을 깨닫는 모습을 보여주고 있다. "서로 이마를 붙이고 눈 주는 동포"로 살아가라는, "하느님이 만드신 알맞은 평화"를 안개꽃이 피어 있는 모습에서 읽고 있는 것이다. 그리고 이 같은 생각은 "누구나 방울꽃 안개꽃 한 짐을 지고 있는 것"이란 말에서 느낄 수 있듯 이미 주어져 있는 것이다. 우리가 우리 속에 가지고 있는 하느님의 모습을 느끼지 못하는 것처럼.

안수환의 시가 우리들의 삶에 비판적 질문을 던지는 방식이 틸리히적 발상에 가까운 어떤 면모를 가지고 있다고 해서, 우리는 그의 시가 인격체로서의 절대적 하느님에 대한 관심을 포기한 시라고 속단해서는 안 된다. 아니 그는 전혀 그렇지 않다. 그는 우리 주변의 여러 존재들이 이루고 있는 질서를 우리들의 삶을 되돌아보기 위한 방법으로 사용하고 있지 그것이 바로 궁극적 존재의 어떤 모습 그 자체라고 생각하는 것은 아니기 때문이다.

> 해바라기 키우던 신라의 해와
> 귀뚜라미 울리던 고려의 달이
> 우리나라 역사라고 당신은 말씀하셨지만
> 그보다도 더 소중한 생애와 헌법은
> 한석봉과 김추사의 글씨 같은
> 우리들의 자식새끼들을 돌보는 사랑이라고
> 당신은 말씀하셨습니다

안수환은 위의 시 「아지랑이」에서 인위적인 역사를

자연의 역사로 읽고 싶어한다. "해바라기 키우던 신라의 해와/귀뚜라미 울리던 고려의 달이/우리나라 역사"라는 말이 그러하다. 그러나 해와 달로 상징되는 자연의 역사는 해와 달처럼 변하지 않는 "당신"으로부터의 궁극적 의미 부여가 없으면, 그것은——적어도 안수환에게 있어서는——무의미한 것이다. 이런 의미에서 안수환은 존재하는 모든 것에서 하느님의 어떤 모습을 보는 것이 아니라, 존재하는 모든 것에 의미를 부여하는 하느님의 모습을 본다. 그러므로 그에게는 절대적 인격체로서의 하느님이 있다.

안수환은 자신의 시에서 언제나 우리 모두의 삶에 궁극적 의미를 부여하는 하느님에 대한 갈구를 직접적으로, 혹은 간접적으로 드러내보인다. 창조의 선함과 실존의 얼크러짐 사이에서 시계추처럼 흔들리는 인간의 삶은 '당신'에 대한 갈구를 필연적으로 가지게 마련이다. 그것은 사회와 역사 속에서 얼크러진 실존적 삶은 창조의 선함이란 본질적 요소를 그리워하지 않을 수 없기 때문이다. 그래서 안수환은 「당신에게」에서 다음처럼 하느님을 부른다.

지금은
당신을 모르고 행동한 나의 자유가
참다운 자유가 아니었음을 깨닫고
불같이 타오르던 내 욕망의 빈집에서 나와
당신을 부릅니다

안수환은 "불같이 타오르던 내 욕망의 빈집에서 나와/
당신을 부"른다. 그는 아무것도 가지지 않았던 "그때는
부끄럽지 않던 꿈"이 사라진 것을 부끄러워한다. 소유욕
은 "어느새 노여움으로" 세상을 바라보게 만든다. 그래
서 "당신보다도 먼저 내 자신을 아끼게" 만들고, "욕망
의 빈집"에서 살게 만든다. 실존의 얼크러짐이 어느덧
"당신을 떠"나게 만든다. 이러한 자리에서 안수환은 "이
제야 비로소 나는 당신을 부르면서 아무것도 없"다. "당
신이 나를 부르실 때 내가 새로 있"다(이상은 「당신에게」
에서 인용). 우리가 욕망에 사로잡혀 "곁으로 머문 동안
당신은 그저 인질이었을 뿐"(「당신이 와서」)이던 우리의
삶이 이제는 "당신이 와서 몸을 이룬 희망"으로 된다.
　안수환이 드러내보이는 하느님에 대한 이와 같은 갈
구는 그래서 때로는 우리들로 하여금 다음과 같은 시를
어떻게 읽어야 할지 망설이게 만든다.

　　죽음이 눈앞에 있거늘
　　얼마나 많은 사람에게
　　내가 죄지었나!
　　강경에 와서 보니까
　　너른 들판 있구나
　　강물 있구나
　　이것으로 우리 몸을 삼아
　　九天에 이르자
　　숨결 푸르게 푸르게　　　　　　　──「九天」 전문

필자처럼 국문학을 전공한 사람에게 위의 시는 우선 우리의 전통시들이 보여준 경천 의식이나 달관적 자세에 접맥되어 있는 것처럼 보인다. 「당신에게」에서 "본래 나는 가진 것이 없었습니다"라는 시행이 한용운의 「당신을 보았습니다」의 연장선상에서 먼저 떠오르는 것처럼 말이다. 그러나 한편 안수환의 시가 지닌 기독교적 발상을 따라 읽다보면 "얼마나 많은 사람에게/내가 죄지었나!" 하는 목소리마저 기독교적으로 느껴진다. 그리고 또 "이것으로 우리 몸을 삼아"라는 말도 "당신이 와서 몸을 이룬"(「당신이 와서」)과 마찬가지로 육화(化肉) incarnation란 어감으로 다가온다.

안수환은 이번 시집에서 유교적인 세계와 불교적인 세계와 도교적인 세계에 대해 상당한 관심을 보여주었다. 이 점은 그가 앞서 『신(神)들의 옷』에서 보여주었던 동양적인 정신 세계에 대한 관심이 이번 시집에서도 여전함을, 아니 더욱 커지고 있음을 말한다.

〔………〕
작년 겨울 찬바람에 날아간 토끼풀이
올여름 우리 동네 밭두둑에 다시 온 걸 보면
춘식이 아버지가 죽어서 간 하늘나라는
천안에서 가까운 소정리역이거나

불교적인 발상을 깔고 씌어지고 있는 위의 시에서 보듯 안수환은 자신의 시에서 서구적인 기독교 정신을 우리 땅에 알맞는 정서와 결합시키려는 시도를 보여주고

있다. 그에게 있어서 이 같은 노력이 아직까지 적극적인
것은 아니지만 기독교를 중심으로 동양인의 정신을 지
배해온 종교 현상들을 탐구해나가려는 그의 노력은 아
무튼 주목할 만하다.

그러므로 필자는 「구천」과 같은 시를 이 시집에서만
은 두 세계의 결합으로 읽고 싶다. 기독교적인 속죄 의
식(혹은 정화 의식)과 경천 의식과 같은 것이 작자에게
공존하면서 만들어낸 맑고 담담한 자기 고백으로 말이
다.

② 김주연은 『신들의 옷』에 대한 해설에서 안수환의
시가 현실에 대해 점점 깊은 관심을 보여주는 방향으로
나아가고 있다고 얼핏 지적한 바가 있다. 김주연이 그때
했던 지적은 이번 시집에 와서 확실히 뚜렷하게 그 모습
을 드러내고 있는 것으로 생각된다.

> 자기의 토지와 농기구를 가진 농민의 소득이
> 맨손과 썩은 충치와 작은 염낭을 찬 선비들의
> 노임처럼 부채농 부채농이 되었으니
> [………]
> 땅을 버린 백성은 하늘을 버리기 때문입니다
>   ──「떡으로 신령으로」

안수환은 농가 부채에 대해서, 공해에 대해서(「서울
공기」), 출세주의에 대해서, 독재 체제에 대해서(「고
급」) 예언자적인 목소리에 가까운 톤으로 비판을 가하고

있다. 그가 구사하는 경어체의 서술어가 없다면 그의 현실 비판은 상당할 정도의 격렬한 목소리로 들릴 것임에 틀림없다.

그렇다면 안수환의 시에 있어서 현실 비판적인 목소리의 개입은 그의 시를 어떻게 만들고 있는 것일까. 지금 단계에서 어떤 판단을 내린다는 것은 위험한 일인지도 모르지만 필자의 생각은 대체로 다음과 같다.

먼저 안수환에게 있어서 현실 비판적인 목소리의 개입은 짧지 않은 그의 시를 더욱 짧지 않게 만들고 있다. 안수환의 시는 대체로 완전한 문장을 구성하는 시행들의 모임이며, 경어체에 의해 늘어진 느낌을 주는 구조를 가지고 있다. 그런데 여기에 개입된 산문적인 현실 비판의 이야기는 그가 구성하는 이러한 문장들과 결합하여 그의 시를 길게 쓰여지도록 만든다. 예컨대 11행이나 되는 시행이 하나의 문장을 이루면서 전체 9련 중의 1련을 구성하는 다음과 같은 경우가 바로 그렇다. "일이 이렇게 된 이상 당신들의 철학이/당신들의 정견이 당신들의 관용이/당신들의 양심이 그런 모든 얼굴이/고도 성장하여 한강물 수평으로 평준화된 이상/시류와 아류와 일류와 상류와 급류가 하나인/탕탕한 세상,/용꼬리보다는 뱀대가리가 좋은 것이라고/쇠꼬리보다는 닭벼슬이 좋은 것이라고/결판난 세상,/그러나 뒤에서 무거운 수레를 밀면서/지금 누가 언덕을 넘어옵니까"(「고급」에서).

안수환의 시에서 이와 같이 사설조로 길어진 이야기들은 시행의 잦은 구분에도 불구하고 그의 시를 산문의 세계로 끌어들인다. 열거와 대비의 수법, 풍자적인 언

어, 리듬이 제거된 문장은 그 동안의 안수환 시가 보여
준——호흡을 지연시키는 독특한——시의 구조를 좋지
않은 방향으로 이탈시킬 우려가 있다.

다음으로 안수환의 시에서 현실 비판적인 목소리의
개입은 그가 지금까지 지녀온 부드러운 목소리를 단정
적인 격렬한 목소리로 바꾸어가고 있다. 이번 시집에 두
드러진 모습으로 드러나진 않지만, 다음 시에서 보이는
그 같은 경향의 단초는 앞으로 안수환이 현실 비판적인
목소리를 강화시킨다면 더욱 뚜렷해질 것임에 틀림없
다.

　　지금까지 나는 선과 악이 공존하며
　　날이 저물고 아침이 오는 줄 알았으나
　　해가 달을 품고 달이 해를 품은 가슴속에
　　간신히 사실 한 무더기가 살아나는 것을 보았다

　　이 독립을 모르는 잔인한 싸움에서
　　이긴 편이 선이며 처진 쪽이 악인 것을 알았다
　　　　　　　　　　　　　　　——「지금까지」에서

부드러운 경어체의 서술어를 포기하고 단정적인 언어
를 채택하기 시작한 위의 시는 마치 펜을 버리고 칼을
잡는다는 선언처럼 비장하게 울린다. 그러나——시의
제목인—— '지금까지' 안수환에게 있어서 그럴 가능성
은 희박해 보인다. 그것은 안수환의 정신이 기독교적인
사랑과 화해와 용서의 윤리에 의해 튼튼하게 통어되고

있기 때문이다. "하느님이 우리를 깊이 버리실 때/고뇌와 절망의 깊이가 우리의 몫이며"(「원죄」에서)라는 자세가 안수환에게는 버릴 수 없는 본질처럼 따라다니기 때문이다.

③ 이제 마지막으로 필자는 안수환의 시가 보여주는 형태적인 측면에 대해 몇 마디 언급하면서 이 글을 끝맺고자 한다.

이 시집에 실린 안수환의 시들은 「겨울」처럼 분명하게 리듬감을 느낄 수 있는 단형 서정시들과 「고급」처럼 그런 느낌을 받기 어려운 장형시들로 뚜렷하게 구분된다. 그리고 필자는 후자보다 전자에 대해 훨씬 호감을 가지고 있다. 그것은 시의 형태란 시를 쓰는 사람이 자신의 감정을 얼마만큼 절제하느냐, 혹은 풀어놓느냐와 밀접한 관계가 있다고 생각하는 필자의 관념 때문이다. 안수환의 시는 앞에서 말한 것처럼 완전한 문장들의 연속으로 되어 있으며, 그런 만큼, 길어지기 쉬운 반면 리듬감을 획득하기 어려운 측면이 있다. 따라서 의미에 의한 행 구분과 반복에 의한 리듬감의 획득에 세심한 관심을 기울이지 않으면 산문화하기 쉽다. 이런 의미에서 필자는 안수환의 시에서 「저 들꽃들이 피어 있는」과 같은 시를 좋아한다.

들쥐들이 다니는 길보다도 시는
길이 아닙니다 우리가 지은 죄를
이 언어로 씻을 수 없음을 절망하는 동안

해가 산마루에 떠오릅니다

〔………〕

들쥐들이 다니는 길보다도 시는

길이 아닙니다 그러므로 허물지 마셔요

시보다도 먼저 오는 깨끗한 시간을

아아 날마다 눈부신 이 부끄러움을

다 뽑아놓은 자리에 들꽃들이 피었습니다

허물지 마셔요 당신과 내가 한몸으로

저 해와 산을 가슴에 담는 시간을

허물지 마셔요 저 들꽃들이 피어 있는 시간을